被扼殺的真相 04
Misa—著
Izumi—繪
當風止息時

楔子

九夜垂首站在一片死寂之中，任由長髮順著兩頰滑落。

她望著腳下的殘磚碎瓦，到處都是一座座用白布裹起的屍體所堆成的小山，隱隱約約可以聽到有人在啜泣。

災難發生得太突然，逝去的人還不知道自己已經身亡，流連不去，盲目徘徊。

九夜從皮衣內側暗袋取出紅色蕊針，刺入了手心。血珠滲出，她握拳揉捏幾下，血珠就變成了鮮紅的種子。

她往前一拋，種子分散成許多細小紅珠，整齊分爲平行的兩列往前飛去。

種子落到地面後倏地化爲美麗的花朵，花瓣細長如血一般火紅，像是蝴蝶破繭而出似的往上微微展開，莖幹直入瓦礫之中，散發著點點紅色螢光，如夢似幻。彼岸花成片盛放，展開了一條豔火之路。

亡靈們被火紅的顏色吸引，無意識地緩緩移動，踏上了彼岸花鋪就的步道。

彼岸花引渡他們來到黃泉路，與陽間分離。

九夜看著亡靈前往該去的地方，等到最後一名魂魄離開後，她輕閉雙眼，爲人們的犧牲悼念。

A市的淪陷，是爲了迎接兩極的誕生，這些生命所獻出的鮮血，是爲了成就兩極的出世。

「被選上的人」在四年前出生，所以零派得以早一步知曉兩極即將出現。他們隱瞞了這個消息四年，而今發生重大災害，各界才終於知道兩極再次降臨了。

想必「被選上的人」已知道兩極出生之地，但九夜猜想自己應該還有時間。畢竟零派的人不會想到，她竟能搶先一步抵達此處，他們絕對料不到除了虎，還有其他人可以感應到兩極。

九夜抬起頭，閉上眼睛，她可以感受到兩極脈搏的跳動，與血液的溫熱。

夜風刮起大地上的塵土，吹亂九夜的髮絲，她忽地睜開雙眼，往上一蹬，踏著風往最近的醫院飛去。

醫院裡，救難人員忙進忙出，媒體們聚集在育嬰室外的走道上，所有人都想一睹奇蹟之兒的模樣。九夜站在不引人注意的角落觀察一切，雖然離得很遠，她依舊能感覺到兩極的氣息。

當混亂終於稍稍平息時，夜已經深了，醫院走廊上只剩下值班櫃檯還亮著小燈，嬰兒的哭聲斷斷續續傳來。

九夜這才移動腳步，來到育嬰室的玻璃窗前。即使一片漆黑，即使裡頭新生兒眾多，她也能輕易找到並看清楚兩極。

女嬰睜著大大的漆黑圓眼，似乎對這個世界充滿好奇，眨呀眨的盯著九夜瞧。這就是這一世的兩極。

九夜忍不住激動起來，她明明不需要呼吸，此刻卻覺得喘不過氣。在這個短暫的瞬間，她別開了目光，竟有些害怕兩極純眞的眼神。

當她再次轉回視線時，兩極依然凝望著她，九夜不禁無聲地痛哭起來。

這樣一個純淨的靈魂、充滿希望的生命，等待著她的卻是受各界爭奪的未來及必死的命運。

「我不會再讓妳有那樣的未來。」九夜喃喃說。

那天夜裡，象徵希望的奇蹟之兒從醫院裡消失，沒人知道是怎麼回事，監視器全都故障了，連値班護士也毫不知情。

隔天，雷雨交加的夜晚，封家門鈴響起。

封氏夫妻從大門上的貓眼看出去，見到一個不認識的女人，大半夜來訪又全身黑衣外加墨鏡，令他們不敢應門。

「我有你們夫妻倆朝思暮想的東西。」彷彿可以感受到他們的疑慮一般，九夜在門外開口。

封太太再次透過貓眼張望，發現了女人懷中的嬰孩。

「這個女嬰會有些與眾不同，請你們別害怕，將她當成一般的孩子撫養就好，總有一天，她會發現自己的不同，在此之前請對她的身世保密。養育她的所有開銷都由我來負擔，在她主動詢問以前，你們就當她最平凡的父母。」

九夜說著，將兩極交到渴求孩子的封氏夫妻手裡，兩人的神情帶著感激，卻又充滿恐懼。

「妳是誰？」

「這不重要。」九夜注視著正笑得燦爛的兩極，「我會保護她，但請隱瞞我的存在。」

封氏夫妻面面相覷，他們看著懷中漂亮可愛的嬰孩，已經捨不得放手。

「她……有名字嗎？」

這時，雷雨停歇，月亮從雲隙中探出頭，光芒由窗外灑進，同時陣陣夜風吹拂而來，在兩極身邊繞了兩圈。

九夜揚起溫柔的微笑，「夜風也來迎接它們的主人嗎？」

「什麼？」封氏夫妻不明所以。

「她的名字叫封葉。」九夜說。

這個名字不單單代表著夜風的迎接，還具備了另一層意義。

也許在未來某個時候，封葉將會明白，這個名字的意義遠遠大過於此。

第一章

現在是什麼情況？

爲什麼阿谷會衣衫不整的坐在任凱身上，而孫娜流著鼻血一臉幸福倒在一旁？

「我、我打擾到你們了嗎？」封顫抖著問，強烈的衝擊讓她覺得自己眼前的情景就像訊號不良的電視畫面，不斷閃爍跳動著。

「好痛……」阿谷哀號著。

「快給我起來！」任凱也揉著頭。

「對不起，我不知道你們是這種關係，眞的很抱歉，以前老是打擾你們恩愛的時光……」封的眼角泛著淚光，緩緩關上小倉庫的門。

「花栗鼠，給我回來。」任凱冷著聲音。

整件事情要追溯到一大早。離開朱小妹家的別墅後，阿谷因爲事件解決而感到輕鬆無比，於是決定今天要蹺課。

他一邊騎車一邊打了電話給任凱，通知他到網咖會合，沒想到因此一個閃神，差點撞到正在過馬路的孫娜。

「哇哇！」阿谷當下趕緊扭轉龍頭，整台機車往左邊打滑後倒了下去，在地上轉了一圈，而阿谷手上的手機也飛了出去，自己更是全身擦傷。

「天啊！」孫娜雖然沒有受傷，卻受到不小的驚嚇，跌坐在地上的她心有餘悸，「谷宇非？」

爲了保住面子，阿谷硬撐著站起來，先是瀟灑地撥了下頭髮，接著撿起螢幕已經裂開的手機，從容地走到斑馬線邊。

有路人想要過來幫忙，阿谷卻帥氣地舉起一隻手說沒事，打發了路人甲乙丙。

「孫老師，妳沒事吧？」

「你、你沒事吧？」孫娜臉色發白，依然坐在地上。

「沒事，小傷小傷。」阿谷逞強地微笑。

見孫娜的黑色絲襪被刮破，腳上的跟鞋也鬆脫了，阿谷皺了皺眉頭，朝她伸出手，「孫老師，對不起啦，我沒有注意到黃燈。」

「是老師硬要搶在紅燈前過馬路，錯不在你。」搭上阿谷的手，孫娜有些不好意思的起身，腳踝隨即傳來刺痛，「好痛！」

「好痛！」同時，阿谷也因爲孫娜忽然的用力拉扯到傷口而喊痛，「呃，我是說，老師妳哪裡痛？」

「我的腳踝好像扭傷了。」孫娜皺起眉頭，沒有發覺阿谷其實是佯裝沒事。

「那我背老師吧，學校離這裡不遠。還是說，我送老師回家換雙絲襪？」阿谷維持著紳士般的笑容，不過衣服與肌膚摩擦讓他的傷口更加疼痛了。

「老師家和學校有段距離，回去的話會趕不及第二堂課……」

「那絲襪怎麼辦？」

「等等去便利商店買一雙就好。倒是你，機車怎麼辦？」孫娜蹙眉，「谷宇非，你應該才十七歲吧？」

阿谷一驚，「老師，別這樣啦，先學起來也沒什麼不好啊。」

「這次就算了，但下次千萬不可以再騎車上學，知道嗎？」孫娜叮嚀。

「那當然嘍！」阿谷嘴上這麼說，但壓根不打算遵守，這點孫娜也心知肚明，只能搖頭嘆氣。

「我看只能叫阿凱來幫忙了。」看著螢幕裂開的手機，阿谷很是心疼。

「任凱嗎？」孫娜眼睛一亮。

阿谷有些疑惑，「孫老師很想見到阿凱嗎？」

「沒有啦，沒事。」孫娜尷尬地笑。

喔？肯定有鬼。

阿谷暗暗偷笑，也不感到意外，畢竟任凱一直很受歡迎。

幾分鐘後，任凱騎著機車從另一邊的巷子出現，拿下安全帽後，他先是看了看阿谷那台已經被牽到路邊、傷痕累累的機車，又看了眼明明全身擦傷卻硬要維持帥氣的阿谷，露出了笑容。

「欸欸，這不是你現在該有的表情吧？」阿谷立刻抱怨，「你應該要擔心、擔心、好擔心才對啊！」

「我的確很擔心啊，你看看你的愛車變成什麼樣子，我很擔心你的口袋呢。」任凱幸災樂禍。

「阿凱，這是人話嗎？不過我相信你一定會幫我的，對吧？親愛的阿凱？」阿谷湊到任凱身邊。

「抱歉，可能沒辦法。」任凱推著他。

「不要拒絕我，求求你先幫我把車推到機車行去！」阿谷黏得更緊。

「熱死人了，你離我遠一點！」任凱不耐地喊。

「噗哈！」一直在旁邊靜靜看著這一切的孫娜忽然怪笑出聲，讓兩個男生停下動作看過去。

「啊，沒什麼，不要在意我。」

任凱不禁皺眉，最近孫娜實在很奇怪。

「老師，妳沒事吧？阿谷那小子有沒有撞傷妳？」

「我有閃過好嗎？老師腳踝扭到了，我身上也有點痛……不是，我精神沒有很好，光把車牽到路邊就夠吃力了，才想說叫你過來，先幫我把車牽到機車行。」

「你精神不好？上週末吵得我都沒辦法睡，我才要精神不好吧！」

在別墅時，由於捕夢網的保護，阿谷夜裡睡得很好，連連打呼，因此讓任凱完全無法闔眼。

「不能這樣說啊，那件事情你也有一點責任，而且你隔天還不是生龍活虎？」

阿谷大概知道，會有妖怪侵擾是因爲任凱的關係，不過他無所謂，雖然他討厭不科學的東西，但如果只是小小的不正常，那他還可以爲了朋友忍耐一下。

「呀哈哈。」聽著他們鬥嘴的孫娜又怪笑起來，隨即接收到兩人投來的狐疑目光，她連忙咳了聲假裝沒事。

「你該不會撞到她的頭了吧？」任凱在阿谷耳邊低語。

「我發誓沒有，她最近不是都怪怪的嗎？」忽然，阿谷瞪大眼睛，「天啊，阿凱，你要不要看看老師是不是也被什麼妖怪纏上了？」

「哪有可能。」任凱翻白眼。

他們兩個竊竊私語著，而孫娜看起來更開心了。

任凱將自己的機車停在附近巷弄內，把阿谷的機車牽到機車行後，便回到原處準備攙扶孫娜前往學校。

「那我閃了。」阿谷說，孫娜卻出聲制止：「不行啦，不可以蹺課！」

「可是老師，我全身痛痛，要請假回家擦藥藥。」阿谷裝可憐。痛是真的，但回家是假的，他還是打著去網咖的如意算盤。

「不行，偷騎機車的事情我可以睜一隻眼閉一隻眼，可是蹺課不能不管，如果你還是執意不聽的話，我會跟盧教官說喔！痛的話去請張阿姨幫你擦藥，如果真的有必要請假，就請張阿姨開證明！」

看著孫娜堅定的眼神，阿谷大大嘆了口氣，「這時候就像老師了啊……」

「我本來就是老師啊。」

「我看你放棄吧，阿谷，乖乖上課。」任凱笑著。

不過，腳扭傷的孫娜和臉上有明顯擦傷的阿谷再加上任凱，這樣的組合進校門時肯定會被盧教官盤查，到時候在盧教官的嚴厲詢問下，難保孫娜不會不小心脫口說出受傷的原因。

所以，最後他們只能在外頭等到校門口的糾察和教官都離開後，才偷偷摸摸地溜進去。

以前校門口由萬伯負責看守，但由於他在琉璃事件中幫助羅秉佑處理屍體，被抓去吃牢飯了，因此目前在警衛室值勤的是替代役男，不過這名役男時常偷懶，連他們進了校門都沒發現。

「那個替代役這樣真的沒問題嗎？學生安全堪憂呀。」阿谷忍不住擔心。

「你可以跟盧教官告狀。」任凱回。

「不了，這樣我們要溜進來也比較容易。」

第一堂課已經開始，學生們都在教室裡，走廊上幾乎沒有人，但要前往保健室的話會經過導師辦公室，所以他們只能從另一條路繞過去。

好不容易狼狽地來到保健室的後花園，準備進去進行簡單包紮時，盧教官卻忽然打開保健室的門走出，嚇得阿谷和任凱連忙押著孫娜一起蹲下，躲到花叢後。

「多申請一張床位也不是不行，但眞的有必要嗎？」盧教官的語氣帶著懷疑。

「哎呀，夏天到了，中暑的學生變多，我可不希望他們都渾身不舒服了，來保健室還沒地方躺。」張阿姨和盧教官周旋著。

「哼，誰知道是不是裝病蹺課！」盧教官往走廊走去。

「盧教官啊，多相信學生們一點啦。」張阿姨也笑著跟上。

「一般學生可以，不過如果是二年級的谷宇非和任凱，那就絕對不行。」盧教官用鼻子哼了一聲。

阿谷張大嘴巴指著自己，覺得簡直是躺著也中槍。

等兩人走遠後，任凱才躡手躡腳從藏身處站起，進入保健室拿醫藥箱。

「不知道盧老頭會不會再回來，我們還是到別的地方擦藥吧。」

「好主意。」阿谷說著，正好瞥見了存放閒置體育器材的那座小倉庫，「就那邊吧！」

任凱看了過去，想起封曾經被萬伯困在裡面，差點喪命。雖然這並不算太久以前的事情，他卻覺得彷彿已經距離那個時候很遙遠。

當時只是單純以爲學校裡有連續殺人魔，而他們是不幸被捲入的普通人，但如今，他與封都明白了自己的與眾不同。

封即使全身遭羅秉佑潑出的熱湯燙傷，也能在瞬間復原，血肉更蘊藏著能令人類、鬼怪壯大的力量，這是她的強大之處，也是她不斷遭受各界侵擾、覬覦的原因。

「阿凱，趁現在沒人快走吧。」阿谷出聲打斷任凱的沉思，任凱點點頭，扶著孫娜往前走。

孫娜不知道自己爲什麼要跟著他們一起偷偷摸摸，其實她可以回辦公室擦藥。可是看著阿谷和任凱的側臉，孫娜還是打消了這個念頭，她想要再多看著他們一些時間。

存放體育器材的小倉庫裡有些霉味，任凱翻出兩張軟墊鋪在地上，打開醫藥箱，將紅藥水交給孫娜，「老師，妳的傷就我不幫妳處理了。」

「避嫌避嫌。」阿谷說完，解開自己制服襯衫的扣子，蹲到任凱面前，「阿凱，幫我。」

任凱皺眉，用鑷子夾起棉花沾了些碘酒，「你是怎麼摔的，爲什麼連胸前也這麼多傷口？一般來說手都會往前護住吧？」

「有啊，我是護住了啊，所以手上傷更多啊。」阿谷舉起手給任凱看上面的細細傷痕。

任凱皺眉，除了擦傷外，傷痕間還夾雜著不太自然的瘀青。

這些日子以來，已經被訓練得相當敏感的阿谷立刻注意到任凱的表情不對，連忙低聲問：「喂，別告訴我又是……」

「我不太確定，讓我看仔細點。」任凱拉過阿谷的手腕，讓他的手靠向自己，盯著那些瘀青。

「不要，上次那一下就夠我受了，不要又來了！」阿谷驚叫。

「你安靜點，孫老師在。」任凱提醒，兩人看向旁邊的孫娜。

只見孫娜雙手合十放在胸前，一臉沉醉的看著他們，眼神中除了關懷之外，還閃爍著不知名的光芒。

「老、老師，妳怎麼了？」任凱頓了頓，下意識詢問。

「嗯？別理我，你們繼續吧。」孫娜托著腮，笑容詭異。

「繼續什麼啊……」阿谷覺得有點可怕，渾身起了雞皮疙瘩。

「我覺得你一定有撞到她的頭……」任凱轉回頭，卻看見阿谷背後有個抱膝坐在地上的男孩，他瞪大眼睛，覺得男孩的模樣異常熟悉。

任凱的神情嚇到了阿谷，他大叫一聲，整個人往任凱身上黏過去。

「哇靠，不要用那種眼神越過我的肩膀看後面！千萬不要嚇我！」阿谷慌張地喊，撲倒了任凱，敞開的襯衫因此滑落到肩膀。

「起來啦，不要動來動去！」任凱吼著，再度小心地往後看，卻發現那裡根本沒有什麼男孩，但阿谷已經被嚇得完全不敢移動。

「任凱不愧是總攻啊，谷宇非則是渾然天成的誘受，你們果然是最完美的一對！這個畫面實在是太美好了……」見兩人跌在一處，孫娜顯得莫名興奮，也不顧腳踝的扭傷，居然站起來又跳又叫。

雖然一句也聽不懂，但是任凱直覺認爲孫娜講的絕對不是什麼好東西。他要壓在自己身上的阿谷趕快起來，可是阿谷早就嚇得腳軟了，反而抱得更緊。

「快點幫幫我，不要每次都在後面，爲什麼老是喜歡從後面來啦！面對面不是更好嗎？」阿谷最討厭那些鬼怪老是躲在背後偷偷來。

這番話讓孫娜滿足地呻吟了聲，一隻手扶著額頭往後倒去，甚至還流了鼻血。

而封就在這個時候打開小倉庫的門。

「所以說，事情就是這樣。」任凱雙手環胸，以一副高高在上的姿態解釋。

「那個……爲什麼我要跪坐著聽啊？我正在上體育課耶。」封舉手發問。

「因爲妳誤會了，而且是很糟糕的誤會。」任凱額冒青筋。對他來說，跟封傳緋聞是一回事，和男人傳緋聞又是另一回事。

「不過我比較震驚的是……原來孫老師是腐女喔。」封看著躺在保健室床上的孫娜，即使昏倒了，孫娜還是滿臉幸福的樣子。

「那是啥？」阿谷在一旁自己擦著藥。

「大概就是覺得男生喜歡男生很萌那樣吧。」封皺著眉頭，目光在任凱和阿谷身上來回打量。「所以孫老師萌你們兩個喔？」

「從剛剛開始我就聽不懂妳在講什麼了。」任凱眼神死。

「好吧，就外表來說，也許你們是有値得萌的地方啦，但個性眞的不行，如果孫老師更了解你們的個性，一定馬上就萌不起來了。」封忍不住開始碎碎念。

「夠嘍，小瘋子，雖然我搞不清楚，不過妳還是閉嘴比較好。」阿谷說著，吹了吹傷口。

封閉上嘴巴，卻偷偷竊笑。這樣一來，她就可以理解爲什麼孫娜總是這麼注意任凱和阿谷了，也終於明白爲何孫娜如此在意她和任凱的緋聞，因爲孫娜喜歡任凱和阿谷這個配對，覺得她是來搗亂的。

「喔，眞是受夠了。小瘋子，我後面抹不到，來幫忙。」

「哼！老把我當奴隸！」封起身，重重踩著腳步往阿谷那裡走去，接過鑷子準備幫他替背後的傷抹藥。

「花栗鼠，我有准妳起來？」任凱開口。

「奇怪，我幹麼要跪著啊？我明明只是去倉庫拿體育課要用的器材，卻看見孫老師流著鼻血倒在地上，所以和你們一起抬著她來保健室，雖然張阿姨居然又不在。我現在應該回去上課了，你還要我跪著，太過分了吧！」封大聲抱怨。

「妳現在很會反抗了啊？」任凱走到封的面前，拿走她手裡的鑷子，「回去上課啦。」

「哇靠，輕一點啊阿凱！」

封看著任凱胡亂在阿谷背上塗藥，本來還有許多話想說，不過最後只是哼了聲，走出保健室。

等封離開後，任凱手上的力道才放輕了些，紛亂的心情稍稍平復下來。

「你很焦躁喔，阿凱。」阿谷淡淡地說。

「有嗎？」

「有，從你擦藥的方式就知道了。」阿谷咬著牙。

「喔。」任凱移開手。

阿谷穿上衣服，一邊扣著扣子一邊看著任凱：「你剛剛是不想讓小瘋子幫我擦藥嗎?」

任凱抬起頭,一臉不解。

「我有點這種感覺啦,只是不太確定。阿凱,你是不是對小瘋子有好感?」

「啥啊?」面對阿谷的問題,任凱只覺得好笑,「哪一點讓你這樣想?」

「就感覺啊,你們兩個之間好像有點……不太一樣。」阿谷抓著頭,「討論這種事還滿怪的,不過如果是眞的就說一聲。」

「沒有的事要說什麼。」任凱收拾桌面上的藥品,回頭看了眼床上的孫娜,「我看就讓老師在這躺著吧,我們走。」

阿谷也表情微妙的看了孫娜一眼,「我覺得啊……漂亮的女生好像都特別複雜。」

沉思了下,任凱腦中閃過自己認識的那些美女們,任馨、凌然、孫娜、顏綺夢、李瑄、紀崴等,「你說的沒錯。」

「對吧!」阿谷拍拍任凱的肩膀,「還是小瘋子最單純了。」

這番話裡的另一層意思讓兩人都哈哈大笑。

第一節課已經過了一半,兩人來到頂樓納涼,從這邊可以看見封所屬的班級正在操場上體育課。

「喬子宥還來上課?」阿谷看著獨自坐在操場邊的喬子宥,之前封曾特地過去和她說話，她卻直接走開。

「她對樹林裡發生的那件事很自責。」因爲喜歡封而成爲被利用的目標，導致封差點遭遇危險，這讓喬子宥無法原諒自己。

「如果是我也會自責吧，但能逃避多久呢？」阿谷嘆氣，忽然問：「朱小妹倒是完全不記得，這是怎麼回事？」

「獅爺消除了她的記憶。」

「哇靠，小虎那邊的人到底是什麼來頭？怎麼感覺什麼都會啊。」阿谷眞心覺得不可思議。

任凱垂下目光。獅爺說過，這些事越少人知道越好，朱小妹幾乎是局外人，所以不要和他們有所牽連會比較妥當。

他的目光轉到阿谷身上，雖然阿谷目前已經知道了不少，但仍不知道最重要的事情。如果阿谷知道了一切，會繼續像現在這樣和他當朋友，還是會遠離他呢？

會不會總有一天，小虎也會讓獅爺消除阿谷的記憶？

或者，某天阿谷也會像喬子宥那樣被利用，導致心靈崩潰？

還是情況會更慘，變成像李佳惠那樣昏迷不醒？

也許，在此刻就捨棄正常的生活是最好的。

但他不想離開這個正常的世界。

「喂，阿凱，你看清楚一點吧。」

任凱有些恍惚地回神，「看什麼？」

「我的傷啊，在小倉庫的時候，你不是說我的傷有點奇怪？」阿谷的五官皺成一團。

任凱瞇眼細看阿谷伸出的手，那些瘀青的確不太自然，彷彿像被誰的手掐過一般，掌印並不大，是小孩的尺寸。

任凱猛然想起，當時在阿谷背後的那個孩子把頭埋在自己的雙膝間，雙手環抱著膝頭。

是任炎。

小時候任炎總是這樣縮在角落，偶爾當他靠近的時候，任炎總會突然抬頭，用略帶恐懼的空洞眼神盯著他。

在樹林時，他也見到了任炎，這些究竟是他的幻覺，還是身爲鬼魂的任炎終於願意出現在他面前了？

「阿凱？情況是很嚴重嗎？你的表情有點……」任凱遲遲沒有說話，於是阿谷張開眼睛，卻看見任凱用冰冷的表情凝視著他的手腕。

與其說是看著他的手腕，不如說是透過他的手腕看著別的東西，像在思考些什麼。任凱的眼神毫無溫度，讓阿谷心裡發寒。

「嚴不嚴重我不知道，但的確不太正常。你看這邊，像是指節的痕跡對吧？」

「你的意思是……有不科學的東西作祟，所以我才會摔車？」阿谷臉色發白。

「我想摔車的主要原因還是閃避孫老師吧，而且我去看過現場，沒有什麼奇怪的東西，大概只是路過的靈想跟你惡作劇。」

「惡作劇？這一點也不好玩啊！我決定要蹺課出去拜拜了，現在馬上行動！」阿谷立刻往門的方向走去。

阿谷之前有一次也是這樣，但最後沒蹺課成功，反倒被盧教官追著滿校園跑。

已經走到門前的他突然停下來，猶豫地回過頭，「不過有件事情我很好奇……當然，如果太可怕的話你可以不用跟我講。就是在小倉庫的時候，你不是看了我的背後？那時候那裡有什麼東西嗎？」

任炎孩提時代的模樣再次浮現在任凱的腦海中。

「喔，沒什麼。」任凱微笑。

「眞的嗎？別騙我啊。」阿谷狐疑。

「眞的。」

雖然覺得任凱的笑容有些奇怪，但阿谷沒有再多問。「那就好。我先閃了，去求個心安也好，然後再去網咖打個遊戲冷靜一下。對，就這麼辦！」阿谷碎念著離開頂樓。

直到阿谷離去很久後，任凱嘴角的笑容才逐漸消失，他垂下頭，彷彿整個人失去力氣似的，頹然蹲到地上。

「任炎，如果你眞的還在，爲什麼不直接出現在我面前？」眼淚幾乎就要奪眶而出，但胸口強烈的疼痛抑止了淚水，湧上的更多是懊悔。

閉上眼睛，任凱心想：如果眞的存在，就請你出現。

他再次睜開眼睛，但放眼望去除了水塔以外，連一個地縛靈都沒有。

任凱眼底流露出深深的失落，他站起身，看向樓下的操場，見到封在球場中玩著躲避球，左閃右躲的，笑得十分開心。

也許他應該跟封學習樂觀的態度，即使封的內心可能也一點都不輕鬆，但她總是表現出開朗的模樣。

一陣溫柔的風由下往上升起，先是徘徊在封的身邊，捲起她的長髮，接著又將她的氣息帶往頂樓，包覆住任凱。

封抬起頭，對上任凱的目光，下一秒露出燦爛微笑。

「學長！」封對著他招手，笑容裡的溫暖切實地傳遞了過來，在這個瞬間，任凱幾乎就要落淚。

上完體育課回到教室時，封發現任凱站在走廊上等她。

跟平常總是掛著虛僞微笑的模樣不同，他看起來有些陰沉，靜靜地站在那裡，有如雕像。

走廊上出現陣陣騷動，學生們竊竊私語著，視線焦點全在封的身上。

封被看得有些不好意思，因爲時常待在一起，兩人已經在學校引起不少討論，有三分之一的學生覺得他們是在交往，而有三分之二的人則認爲任凱只是想要一個方便使喚的人。

「學長，怎麼了？」封並沒有特別去澄清其他三分之二的傳聞，因爲對任凱來說，她的確就是個小奴隸。

「妳下堂是什麼課？」

「第二節是孫老師的課。」封注意到任凱的臉色很差。

「等等上課來頂樓。」

「啊？學長，你現在是在約我蹺課嗎？」封壓低聲音，她想不到任凱會在人來人往的走廊上提議蹺課，「我可是好學生耶，不蹺課的。」

「總之，等等上來。」任凱無視她的拒絕，轉身往樓梯走去。

「學長！」封這才知道，任凱根本沒打算徵求她的同意，只是單純地下令，她只需要照做就行。

其實以往也沒有哪次不是這樣，連她的意見有沒有被徵詢過都是個問題。

封決定不蹺課就是不蹺課，所以她進了教室換下體育服，並回到座位拿出英文課本。但當孫娜開始上課後，她卻忽然有點在意起剛剛任凱的樣子。

他似乎不太對勁，光是特地從頂樓下來找她，而不是只發簡訊叫她上去這點就已經和往常不同，而且看起來還沒什麼精神。

好歹他們也是處於同樣的立場，兩極與瘟都背負著被追殺的宿命，總是要同進退吧。

這麼一想，封悄悄深呼吸幾次後，假裝虛弱地舉起手。

「老師，我生理痛，想去保健室。」

當封來到頂樓的時候，已經過了十五分鐘，她原以爲任凱會大發雷霆或是又欺負人，卻看見他背抵著女兒牆坐在那裡，像是放空般凝視著前方。

總覺得好像一陣風吹來，他的身影就會被吹散。

「學長？」封不確定地出聲叫喚。

半晌任凱才回過神，看了她一眼，「太慢了。」

封鬆了一口氣，走到他旁邊坐下，「我說了不蹺課，你又不聽我講話。」

「但妳還是來了。」任凱淡淡地說。

「嗯，是啊。」封歪頭，她覺得任凱今天眞的怪怪的，太安靜了。「學長，你怎麼了？」

任凱看著封，那表情讓封頓時以爲他要哭了，於是緊張地抓住他的衣服，「學長，你別嚇我。」

見封那麼緊張，任凱這才意識到自己的狀況看起來很糟糕。

任炎對他的影響實在太大，尤其他最近又總是在想，也許任炎才是眞正的瘟。

他是冒牌的、是頂替的，所以才會覺醒不了，才會無法擁有使鬼的能力，因爲任炎才是該跟兩極在一起的瘟。

「學長，你該不會也那個來吧？所以才會悶悶不樂。深呼吸一下，還是你要喝熱可可？我那邊有！」

任凱忽然感激起封無厘頭的發言，將他從憂鬱中稍稍拉出來一些。

他用力打了封的頭，「妳是白痴嗎？還有，放開我！」

「太好了，學長恢復成平常的樣子了。」封雖然痛得摀住頭，卻放心地笑了。

任凱愣了愣，退回原本的位置，悠悠地看著天空。

見他又陷入沉默，封也安靜下來。

「喂，花栗鼠，妳現在可以自由使風了對吧？」

封點頭，「但還不到隨心所欲。」

「妳覺得原因是什麼？」

「你是說還不能隨心所欲的原因嗎？」

「不，我是問妳，爲什麼可以自由使用了？」以往封是在面臨生命危險時才有辦法使出。

「我想……大概就是像小虎說的，這個世界開始出現變化了，雖然還不明顯，但已經有些東西影響到我……」封垂下目光，深吸一口氣，「還有就是我決定了一些事情吧。」

任凱挑眉，封接著說：「我接受了自己是個矛盾的存在，即使我不願意，也會不自覺地傷害到我的朋友們。也許沛亞並不是因爲招惹羅秉佑而被殺，而是因爲我的關係，受到我的氣場影響之類的。」

「這樣說太過牽強。」任凱無法苟同。

「可能吧，不過佳惠和子宥就肯定和我有關係了。」

任凱這次沒有反駁，封不禁嘆氣。「我不想要再傷害她們了，其實我一直隱約知道子宥隱藏的感情，可是我想，這不會影響到我們的友情，所以就一直這樣和她相處著，沒想到卻不知不覺把她逼得崩潰。」

「這也不是妳的問題。」任凱伸手摸摸她的頭。

封露出淒楚的微笑，「是兩極的問題。總之，我放下了一些東西。」

「什麼東西？」

「正常的生活。」封凝視著任凱，「我打算休學了。」

任凱一驚，「爲什麼？」

「因爲我會影響到周遭的人啊，我不想再連累更多的人。各界都想得到我，如果他們入侵學校怎麼辦？如果傷害到其他人怎麼辦？」

「妳是白痴嗎？如果他們要來，早就來了，會等到現在？」任凱口氣很差，因爲封下這樣的決定前居然沒有和他商量，這讓他無法接受。他們應該要站在同一陣線才對。

「現在不一樣了，我已經漸漸覺醒，接受了現實也放棄了正常，所以力量才會出現。」封對上任凱的目光裡有著猶豫，「學長你……會不會是因爲還無法接受自己是瘟，才無法使鬼？」

這句話讓任凱身子一僵，再次貼上女兒牆，閉起眼睛抬著頭說：「我又看見任炎了。」

封的心跳漏了一拍，「在哪裡？」

「在樹林、在小倉庫，小時候的他，還有長大後的他。」

「他……有說些什麼嗎？」封問得小心。

「跟小時候一樣全身縮成一團蹲在那裡，沒有說話。」任凱停頓了下，「在樹林時他有說話，那時我被貘咬傷，他出現在我面前，說這就是他死的意義。」

封沒有吭聲，緊皺眉頭。

「我想，妳說錯了，陰陽眼並不是他留下的羈絆，他恨我。」任凱說。他認為就是因為這樣，這些年來任炎才不曾出現，直到那天在樹林裡現身。

任炎後悔選擇死亡，他本來該成為瘟，擁抱身為兩極的封，而不是在什麼都還不懂的年紀就捨棄了生命，將瘟的身分轉移給任凱。

「學長……我想問你一件事情，雖然你可能會覺得很奇怪。」封絞著手指，「你真的……看見任炎了嗎？」

「那不是幻覺，他的確站在我面前。」

「我不是這個意思，我是說，你『真的』看見他了嗎？」

任凱因為封的問題而皺起眉，「妳跟任馨一樣懷疑我嗎？」

任馨姊！對，怎麼會沒想到任馨姊呢！封心想。

「我不是懷疑，可是……」封咬著下唇，「我不覺得任炎恨你，他沒有理由恨你。」

「妳沒看過他的眼神，所以才能說得如此輕鬆吧。」任凱結束這個話題，抬頭看著天空。

該怎麼做才能讓任凱心情好一點呢？

封左思右想，最後張開雙手，一個小小旋風從她的掌心生出，轉了幾圈後，來到任凱身邊。

「妳弄的？」任凱挑眉。

「嗯，這風能帶走你的不愉快。」

「怎麼可……」任凱失笑，卻忽然瞪大眼睛，他感覺到心中某個空缺似乎被填滿了，「這是怎麼回事？」

「我也不知道，不過上次治療你的傷口時，我發現隨著我的心情不同，使出的風也會有不同效果，雖然只是很輕微的。例如我希望你心情好，這陣風便能帶走你的不快，只是效果不明顯，沒有辦法眞的大幅影響你們的情緒。」封解釋著。

「妳的能力眞的是越來越神奇了。」任凱十分驚豔。

「這也是我想遠離大家的原因。」

「什麼時候？」

「念到一年級結束吧，希望在這之前都不要再發生任何事情。」封收回那陣風，「你有什麼打算嗎？」

「瘟跟兩極不是命運共同體嗎？如果妳打算離開，我也得跟妳走。」任凱說得理所當然。

「但是……你的生活呢？」

「妳不也一樣嗎？妳的生活呢？」任凱扯扯嘴角，「這眞的是妳自己下的決定嗎？」

「什麼？」

「我的意思是，不是因爲小虎的關係？」

封一愣，她的表情已經說明了一切，任凱並不意外。

「妳跟妳父母提過了嗎？」

封搖頭，「我覺得還不到時候，他們很努力地扮演好我的父母，我也希望直到最後他們都是我的家人。」

「但妳終究還是會離開。」任凱顯然並不諒解。

「你也會啊。」封倔強地瞪了他一眼，「我們都會離開自己的家人，這是沒辦法的。奇怪，學長，我怎麼覺得你比我還不能接受現實？」

這句話讓任凱有些生氣，他站起身往門的方向走去，與封不歡而散。

沿著樓梯走下樓，他越想越心煩意亂。封的決定是因爲小虎，但明明小虎是個外人，難道九夜口中會帶走封的男人，眞的就是小虎嗎？

不。任凱搖搖頭。他始終認爲小虎不會是可以保護封的那個人，他承認小虎能力的確很強，但這個男人不會是他們永遠的朋友，小虎背後的家族覬覦著兩極。

小虎身上謎團重重，明明該是敵人，卻以朋友的身分幫助他們，同時又不斷叮嚀他們別付出信任。

可是，封的力量已經覺醒，而他卻仍舊原地踏步，他眞的是瘟嗎？

不具備力量的他只會給人添麻煩，還談什麼保護封？

任凱想起了在樹林裡受傷的自己，以及毫不猶豫趕去救援封的小虎，在那個時候，他感覺自己幾乎要被黑暗的情感吞沒。

所以，這就是我死的意義。

忽然間，任炎的聲音再次響起，任凱頓了下腳步，回過頭看見任炎站在樓梯間，身上穿著和他一樣的制服。

他用力眨了眨眼睛，握緊雙拳，任炎並沒有消失。

與他一模一樣的男孩站在那裡，睥睨著他。

「任炎……」

「你在這做什麼？」

連聲音都聽得很清楚，並不是幻覺。

「你才是在這做什麼，爲什麼突然……」

任炎勾起嘴角，笑容裡不帶感情，「你又想逃避了嗎？」

任凱不語。

「就跟當初逃避我一樣？」

「我不是逃避你！」任凱大吼。

「你逃避了，你充耳不聞、閉眼不看，你逃避關於我的一切。」任炎走下樓梯，一步步逼近任凱。

「我只是……」任凱緊握著拳頭，顫抖不已，往後退了一小步。

「我們本是一體，但你把我趕出來，只因爲你害怕。」任炎忽然縮小，變回孩提時代的模樣，帶著空洞卻殘忍的笑容，伸手抓住任凱的褲管，「你害怕我所看見的世界。」

「啊啊——」任凱忍不住大叫，用力甩開了任炎的手，腳下卻一滑，從樓梯上跌下去。

在意識模糊之際，他看見幼時的任炎和長大後的任炎都站在樓梯上，面無表情的凝望著他，而他們背後那道通往頂樓的門打開了。

一陣狂風吹來，將大小任炎的身影打散，封驚慌的跑過來，喊著任凱的名字。

封就是風，對任凱來說，也許她是唯一能驅走這片黑暗的存在。

第二章

任凱拿著從父母那裡收到的禮物，蹦蹦跳跳回了房間，把禮物放在自己的床鋪上後，連燈都沒開就急著拆。

「哇！」一撕開包裝紙，他馬上就看見盒子上印著帥氣的機器人，於是驚呼出聲，加快了手上的動作。

他用兩隻手將機器人從盒子裡拿出來，雙眼閃閃發光，興奮地看著，接著馬上從旁邊的玩具箱拿出一隻怪獸玩偶，坐在地板上玩起怪獸大戰機器人。

機器人一個飛踢，將怪獸踢得遠遠的，滾到了角落，任凱站起身走過去撿，但一隻慘白的手比他早一步從陰暗的角落伸出，撿起了玩偶。

任凱一驚，「任炎，你幹麼躲在那裡？」

任炎蒼白的小臉在黑暗中浮現，他原本屈膝蹲在那裡，此時拿著怪獸玩偶緩緩站起來。

「爲什麼有機器人？」任炎的聲音就和他本人一樣缺乏存在感，微弱模糊。

「今天是我們的生日啊，這是生日禮物，我們六歲了。」任凱說完後，忽然有些心虛，「剛剛在唱生日快樂歌，我有叫你，可是……」

「爸媽和姊他們叫你別鬧了，對吧？」任炎面無表情。

「你有聽到？」

任炎點點頭，帶著怪獸玩偶坐到他身邊，「反正，又不是第一次。」

任凱心中頓時充滿罪惡感，覺得手上的機器人變得沉重起來，讓他幾乎要拿不動，身體也像綁了鉛塊一樣，連要抬頭對上任炎的目光都很困難。

看見任凱的模樣，任炎只是扯了扯嘴角，揚起不屬於六歲孩子的成熟笑容。

他拿起怪獸玩偶，面向任凱手上的機器人，「我們來玩吧。」

「嗯！」任凱遲疑地露出笑容，一同玩樂是他唯一能爲任炎做的事。

兩人坐在漆黑房內的地板上，窗外淡淡的月光灑進屋裡，他們發出快樂的笑聲，玩著機器人大戰怪獸。

「任凱？」任馨忽然打開房門，順便按下電燈開關。「你在幹麼？」

「我、我在跟任炎玩啊。」任凱和任炎拿著怪獸和機器人的手停在半空中。

七歲的任馨皺起眉頭，瞥了任炎一眼，再看了看任凱，「快點去洗澡睡覺，不要吵了。」然後，她砰的一聲關上房門。

兩人面面相覷，忽然爆笑出聲，又趕緊摀住對方的嘴巴，憋著聲音笑著。

「你看到任馨的表情了嗎？」

「她老是氣呼呼的。」

兄弟倆嘲笑著姊姊，接著一人拿了一條浴巾一起前往浴室。浴缸裡已經放滿溫熱的水，還加入了溫泉粉，洗淨身體後，兩人跳入浴缸內，又玩了起來，互相潑水並興奮地尖叫著。

浴室的門被打開，任凱的父母皺眉探頭問：「小凱，你在做什麼？」

「在、在洗澡啊。」任凱瞥了任炎一眼，兩個人此刻都乖乖地坐在浴缸內，不敢造次。

「爲什麼那麼大聲？」任媽看著他的眼睛，有些緊張。

「因爲、因爲我們在玩啦，不小心就……」任凱邊說邊往下沉入水中一些，一旁的任炎也做出一樣的動作。

任爸不悅地皺起眉頭，「都幾點了，別那麼大聲。」

「喔……」

在關上門前，他們朝任炎所在的方向看去，任凱捕捉到父母眼中流露出了一絲絲害怕。

「我們太吵了。」

「不能惹爸媽生氣。」

兩個孩子說著，安安靜靜洗完澡擦乾身體。當他們裹著浴巾走出浴室時，任媽勉強微笑著對任凱說：「我來幫你吹頭髮。」

「那……」他開心地看向也溼著頭髮的任炎，卻被母親拉住手臂。

「小凱，你在看什麼？」任媽眼底有著恐懼。

「就……」爲什麼要這樣問？任炎就在後面啊。任凱不平地想。

他轉過頭，見到任炎面無表情，「我自己吹就好。」說完，他往房間走去。

看著任炎回到房內，關上房門，任凱有些埋怨地將目光落回母親身上。

任媽拉著任凱的小手來到客廳的沙發前，用吹風機幫他吹乾頭髮，任凱可以感受到她的身體微微顫抖著，卻不能理解爲什麼她要忽視任炎。

當他回到房間時，任炎已經躺在床上。

「你是不是又惹媽媽生氣了？」任凱爬上床。

「她永遠都只會對我生氣。」任炎側身，臉色在月光下更顯蒼白。

「不會的，只要跟媽媽道歉，她就不會生氣了。」任凱也側身面對任炎。

任炎搖頭，空洞的雙眼忽然睜大，越過任凱的肩膀往後面看去。

任凱瞬間寒毛直豎，嚇得拉住任炎的衣服。

「不要……」他低語著。

任炎的眼睛只是睜得更大，白皙的手緩緩從棉被中伸出，指著任凱背後的衣櫥，「有個女人，站在那裡。」

一陣涼意與毛骨悚然之感爬上任凱的背脊，像是有冰塊貼了上來似的，刺入骨髓的恐懼逼出了他的眼淚。

「任炎，不要亂說……」

「凱，那個女人轉過來了，她沒有臉……可是嘴巴很大……凱，她看到我在看她了……」

「求你別亂說，閉上眼睛好嗎？我什麼都看不見！」任凱緊閉雙眼，雙手摀著耳朵，顫抖得連呼吸都不敢。

一會兒後，那股冰冷逐漸遠離，任炎也沒了聲音。

任凱偷偷睜開一隻眼睛，見到任炎白淨的臉上掛著一抹淺淺笑容，平靜地凝視著他。

他鬆了好大一口氣，放下自己的手，將棉被蓋得更緊，對任炎說：「你不要老是講一些奇怪的話，我不喜歡。」

「凱，那女人躺在你後面。」

任炎保持著微笑，但任凱發現任炎並不是在看自己，而是在看自己的後面。

「啊啊啊——」

「怎麼了！」任凱的尖叫讓父母衝了進來，沒一會兒，任馨也一臉害怕的來到他房裡。

「啊！不要不要！啊！」任凱抱著頭閉著眼睛，發狂地尖叫著，任爸抓緊他瘦小的身軀，用力吼道：「小凱！你怎麼了？」

「媽媽在這邊，媽媽在這邊。」任媽流著眼淚安撫，而任馨站在門邊，有些被嚇傻了。

任凱哇哇大哭，他不敢回頭往衣櫥的方向看，只能哭哭啼啼地說：「有東西、有東西在那邊……」

他的父母狐疑地對看，接著任爸將任凱交給任媽，她將任凱緊緊抱在懷中，而任馨也跑了過來，一手抓著任媽的睡衣。

「我要打開了。」任爸小心翼翼地接近衣櫥，而後一鼓作氣拉開衣櫥的門，但裡頭什麼異狀也沒有，只有任凱的衣服。

任爸鬆了口氣，一手插腰，「看，小凱，裡面什麼也沒有，是你做噩夢了。」

被母親擁在懷中的任凱看不見衣櫥，他面對的是同樣在床上的任炎。

任炎將自己裹在棉被中，環抱著膝蓋屈膝坐著，他再次伸出手指著衣櫥，用極輕的氣音說：「凱，她在你的衣櫥裡，爸媽和姊都看不見她，你回頭看看啊，她還在那。」

「啊啊啊——不要！不要啊！」任凱再次狂叫，任炎依然面無表情的指著他的背後。

「小凱！小凱你怎麼了？」任媽喊著任凱的名字，手忙腳亂地想要抓緊他，但他掙扎得太厲害，於是任爸過來將任凱抱起來，用力夾在懷中。

「媽！他怎麼了啦！」任馨嚇得臉色發白。

「有東西在衣櫥裡，她還在裡面！」任凱拚命尖叫著，緊閉著雙眼，什麼也不敢看。

「小凱，沒有東西在衣櫥裡面，你自己看看！」任爸大吼。

「我不要！我不要看，她還在裡面！」

「小凱，爸爸看過了，裡面沒有東西，你不要這樣子好不好？」任媽哭喊，抱住一旁的任馨。

「有！有！還在裡面，他說還在裡面啊！」任凱叫著。

「誰說有東西在裡面？」任馨的聲音微微顫抖。

任凱指向床鋪，看著縮在床上的任炎說：「他說的，任炎說的！」

瞬間，任馨和抱著她的任媽都不敢回頭，恐懼隱隱在房內蔓延。

那個夜裡，任凱和任馨都被帶到父母房間睡覺，任凱哭著把任炎也帶來，但他的父母卻臉色鐵青的當著任炎的面將門用力甩上。

在門關上的前一刻，任凱看見任炎站在走廊邊，他的神情說不上是生氣或是落寞，明顯已經習慣了家人與自己的疏離。

一連幾個夜晚，任炎都會瞪大毫無生氣的雙眼，指著某個地方說出令人害怕的話語。

「天花板有個背對我們的爺爺。」

「窗外有個小女孩要我們開窗。」

「床底下有人敲著床板。」

「衣櫥裡的女人還在。」

任凱總是要任炎別再說，但越是抗拒，任炎越會反覆告訴他那些東西的舉動和所在位置，任凱只能摀住耳朵、閉上眼睛，選擇逃避。

通常這時任炎就會停止說話，當任凱睜開眼睛後，會先看見任炎掛著平靜的微笑，接著對他吐出一句話：「他來到你後面了，凱。」

任凱總是會因此發狂地尖叫、哭泣、嘶吼，他的恐懼影響了家人，父母天天徹夜未眠，任馨也每每被嚇得臉色發白。

他們全家聚在主臥室，再一次將任炎排拒在外。

任凱曾被父母帶去廟裡過，任媽總是哭著跟乩童敘述情況，而任凱則是百無聊賴的坐在一旁的凳子上，被廟裡的大人們難以言喻的目光打量著，往往讓任凱感覺不太舒服。

這時候任炎會從供桌上偷來餅乾糖果，掛著賊賊的笑容將食指放在嘴唇前說噓，而任凱會笑著接過糖果，與任炎交換惡作劇成功的眼神。

可是每當他這麼做的時候，任媽都會哭得更凶，任爸則會用畏懼的眼神看著他，廟方人士則無奈搖頭。

有一陣子，他的脖子上掛滿了各式各樣的護身符，他討厭那些東西，任炎卻很喜歡。

「我覺得很漂亮。」任炎撫摸著那些符。

「那給你戴。」任凱拿下來，掛到任炎的脖子上。

「感覺好酷喔。」任炎很開心。

「哪有酷。」

「有啊，就是很酷。」任炎輕抿嘴唇。

「你好奇怪。」

「任凱，你在跟誰說話？」房門打開了一道縫隙，任馨透過縫隙看著他，從她的角度看不見被書桌擋住的任炎。

「任炎啊，還有誰。」任凱皺眉，「他說戴護身符很酷啦，很奇怪對吧？」

「就眞的很酷啊。」任炎笑著說。

「……所以他現在戴著護身符？」任馨在門外問。
「對啊，我剛幫他戴上的。任炎，你給任馨看一下。」
任炎起身要往門口走，任馨卻關上房門，「不用了，你們自己玩就好。」
聽見她跑開的腳步聲，任炎轉頭看著任凱，對他聳聳肩膀。
「別理他，我們自己玩吧。」
「媽，任凱說他給他戴上了護身符……」這時，他們聽見任馨的聲音。
「連這種事也要跟媽媽講，有什麼好講的？」任凱說，而任炎兩手一攤。
從那天之後，任凱就不再被父母帶去廟裡了，他樂得清閒，任炎卻爲此有些悶悶不樂。
「那些護身符很酷的說。」坐在後座，任炎難得抱怨。
「你可以繼續戴啊，反正我不戴。」任凱笑著回答。
任馨轉過頭，有些生氣地看著任凱，前座的任爸任媽也透過後照鏡看著他。
「幹麼啦，雖然我不戴，但任炎會戴啊！反正我們是雙胞胎，本來就是一體的，他戴不就等於我戴嗎？」任凱難得頂嘴，一旁的任炎露出開心的笑容。
他的父母沒有說話，任馨也保持沉默，車內的氣氛變得更凝重了。
他們來到一棟白色的建築物前，車子駛入停車場，任炎看著窗外，皺起眉頭。
「我不喜歡這裡。」

「爲什麼？」任凱問，任馨又轉頭看他。

「因爲這裡……有很多東西。」任炎抬起頭，目光再度變得空洞，他可以看見有許多東西在草地上。

「這裡是哪裡啊？」任凱詢問父母。

「這邊是爸爸一個朋友開的，我們要去見一個叔叔。」任爸解開安全帶下車，任媽擦乾眼淚，也跟著下去，兩人分別打開後座的兩側車門。

任凱和任炎先後跳下車，任馨則從任媽在的那側下去。

「我什麼東西也沒看見。」任凱看著前方修剪整齊的青翠草地，灑水器定時噴灑著水。

「有，那邊、那邊、還有那邊都有人，他們跪在地上，雙手被反綁在背後，頭低低的。」任炎舉起手，指著他所看見的一個個「東西」。

任凱皺起眉頭，「沒有東西，你不要亂指了。」他拍開任炎的手，讓任炎有些不高興。

「你也看得見的，凱，只要你願意的話。」

「但什麼都沒有，明明什麼都沒有。」任凱否定任炎的話。

「小凱，快點過來這邊。」他的父母和任馨站在白色建築物前，不安地喚著他的名字。

白色建築物裡的裝潢也全是白的，潔白的地面、牆壁，還有天花板，連燈光都是白色。

許許多多穿著白色衣服的人走來走去，一個戴著口罩的女人請他們來到一扇門前等候。這段時間，他們全家都安靜地坐在等候區，雖然不知道要見誰，不過任凱知道別太吵鬧會比較好。

「久等了，請進來吧。」門打開了，一個穿著像是醫師的男人走出來。

任爸和任媽立刻起身，男人卻伸手制止，「請兩位的兒子進來就行了。」

兩個男孩面面相覷，看了看父母，顯得有些猶豫，於是任媽摸摸任凱的頭，「進去吧。」

「動作快點。」任馨也在旁邊說。

於是兩個男孩手牽著手，踏進眼前的門，男人對任爸任媽露出微笑，兩人則向他微微鞠躬。

房間裡的擺設很普通，有一張大桌子，桌面放著電腦和許多文件，另一邊的大型書櫃擺滿了書，桌子後方立著閱片箱，幾張X光片放在上頭。

「請坐這邊吧。」男人指了桌子前面的兩張小椅子，任凱和任炎對看一眼後，分別爬上一張椅子。

男人坐到桌子後的旋轉椅上，戴上眼鏡，目光先後掃過神情緊張的兩個男孩。

「叫我眼鏡叔叔就好，別這麼緊張，我只是想和你們聊聊天。」男人揚起微笑，「你們一個叫任凱，一個叫任炎對吧？」

任凱張大嘴巴，看著任炎，而任炎也很高興。

「那誰是任凱，誰是任炎呢？」

「我是任凱！」任凱舉手。

「我是任炎。」任炎小聲回答。

「你們今年幾歲呢？」

「六歲。」兩人一起回答。

「你們在學校有哪些朋友呢？說得出他們的名字給叔叔聽嗎？」

任凱扳著手指頭一一說出朋友們的名字，從座號一號開始數到最後，眼鏡男很有耐心地聽他說完。

「好棒，任凱有好多朋友，那任炎呢？」男人轉向任炎。

任炎垂著頭，有點失落的樣子。

「眼鏡叔叔，任炎沒有上學啦。」

「喔？爲什麼沒有上學呢？」眼鏡男看著任凱問。

「因爲任炎身體不好，所以都待在家裡。」任凱嘟著嘴。同爲雙胞胎，任炎的身體卻比他差很多。

眼鏡男沉思了一會兒，「那，任炎有沒有到學校過呢？」

任炎搖頭，任凱則皺起眉頭，「如果他能來上學就好了，我可以介紹朋友給他認識。」

眼鏡男在白紙上寫了幾個字，接著問：「你們誰比較大呢？」

「我們是雙胞胎。」兩人一同回應。

「喔？」眼鏡男挑眉，「但是雙胞胎也有先分出生和後出生，也就是說一樣有分哥哥和弟弟，誰是哥哥、誰是弟弟呢？」

這個提問考倒任凱了，他從沒想過這樣的問題，父母也沒跟他說過，所以他歪頭看著任炎。

「你比我先出生。」任炎指著他。

「所以我是哥哥？」

任炎點頭。

任凱頓時露出開心的笑容，他沒想到自己居然會是哥哥。他轉頭看著男人，「你聽到了嗎？他說我是哥哥！」

眼鏡男微笑著，「嗯，任凱是哥哥呢。」

「那我們先問哥哥一些問題，可以嗎？」眼鏡男說。

「好啊，你問吧。」因爲哥哥兩字而沾沾自喜的任凱挺起胸膛。

「要單獨問喔，我們先問哥哥問題，等等再問弟弟一樣的問題，看看你們兩個有沒有默契。」眼鏡男故作神祕，「雙胞胎都會有心電感應，你們知道吧？」

任凱和任炎興奮地點頭，彼此對看後一齊說：「我們絕對會有心電感應的！」

「那我們先請任炎到外面去和爸爸媽媽在一起，等等再請他進來好不好？」

「好！」任炎點頭，從椅子上下來走出房間。

「等等見。」任凱對任炎揮手，然後轉身面對眼鏡男，「就先問我這個哥哥吧！」

眼鏡男雙手托著下巴，對任凱露出善意的笑，「你們兄弟感情好嗎？」

「當然嘍！」

「從來沒有吵過架？」

「沒有！」

「那有沒有不和對方說話過呢？」

「沒有！」對於兄弟間的情誼，任凱相當自豪。

「那任炎有沒有說過什麼你不喜歡的話？」

任凱一愣，歪頭思考著，「他沒有說過讓我生氣的話。」

「不是生氣，是不喜歡。他有沒有說過讓你不喜歡的話呢？」

「嗯……」任凱猶豫。

「沒關係，眼鏡叔叔不會告訴他。」

「……我不喜歡他總是說有別人在。」

男人點頭，「別人是指誰呢？」

「我不知道，我從來都不去看他們。」任凱咕噥。

他們？代表是複數？

眼鏡男在白紙上寫下s，「那任炎說的那些人在哪？」

任凱點頭，「天花板、衣櫥、床底下，有時候窗外、浴室、任馨的房間也有，任炎喜歡說些很可怕的事情，他喜歡看見我們害怕。」

「那你有真的看見別人在你們家過嗎？」眼鏡男問。

「沒有，我都閉著眼睛。」

「有沒有過任炎忽然說某個地方有人，而你不小心看了一眼，卻沒有看見任何人的時候呢？」眼鏡男又問。

任凱想了想，「剛剛在外面的時候，任炎說草地上有很多人，可是我什麼也沒看見。」

男人抬起眉毛，「任炎有說那些人在做什麼嗎？」

「他說他們都跪著，手被綁在後面。」

男人張大眼睛，但很快便隱藏起訝異，依然微笑著問：「叔叔要問一個有點奇怪的問題。」

「好。」

「你是從什麼時候開始看見任炎的？」

任凱歪頭，這個問題真的很奇怪。

「一開始就看見了啊。」

「一開始是指什麼時候呢？記得嗎？是在上小學前，還是幼稚園大班呢？」

「都不是。」任凱搖頭，「從一片紅紅暗暗的時候開始。」

「紅紅暗暗？」

「我不知道那是哪裡，只記得很溫暖，然後很舒服，像在游泳一樣，張開眼睛就可以看見任炎的臉，我們的手握在一起，好像在睡覺。」任凱用手比劃著。

「那，有沒有在亮亮的地方看見過？比如說媽媽的房間，或是你的房間，第一次看見任炎的時候是？」

任凱聽不太懂，記憶中任炎一直都在身邊。

「這樣說好了，除了那片紅紅暗暗的地方，你下一個看見任炎的地方在哪裡，有印象嗎？」

任凱點點頭，「大地震的時候。」

「地震？」

「我一歲的時候，有一天地震好嚴重，搖得好厲害，我和任炎躺在床上，媽媽衝進來抱住我，可是她忘記任炎了。不過任炎沒有哭，就只是躺在床上看著我。」

任凱的表情很認眞，不帶任何情緒，這一幕讓眼鏡男不禁打了個寒顫。

的確，六年前發生過一次驚天動地的大地震，A市建築全毀，死傷慘重。

但是，才一歲的任凱居然擁有記憶？而且還記得任炎也躺在床上。

更讓男人在意的是，對於任凱說的那片暗暗紅紅又溫暖的地方，他所能想到的只有一個可能——羊水內。

任凱忽然轉過頭，盯著門口看。

眼鏡男也望過去，門沒有打開，也沒有人，但任凱的眼神專注得像是那裡有人在跟他說話。

「眼鏡叔叔，任炎問你什麼時候輪到他？」

任凱回過頭，帶著天眞的笑靨問。

第三章

任家其他三人在走廊等待著，忽然門打開，任凱走出來，任爸任媽立刻上前。

「怎麼只有你出來？」

「現在換任炎了。」任凱說完讓父母驚愕的話後，就坐到旁邊的椅子上踢著雙腳，「我剛剛才知道，原來我是哥哥耶。」

「什麼?你是弟弟好嗎?」任馨推了他一下。

「我是妳弟弟，但也是任炎的哥哥。」任凱抬起下巴驕傲地說：「哼，我也是哥哥好嗎!」

任家三口驚恐地對視，任媽抓著任爸說：「不行，我要進去!」

「不可以啦，現在輪到任炎，要等一下啦!」任凱制止。

「任凱，你這個大白痴!」任馨大喊。

「妳才大白痴!」任凱也回罵，兩個人吵了起來。

「都閉上嘴巴，吵什麼吵!」任爸吼，兩個小孩連忙噤聲，但依然瞪著對方。

就在這時候，門再次打開，任炎掛著笑容走出來，而男人站在他的後面，表情有些難看的請任爸任媽進去。

「小馨，看好弟弟。」

「我也要進去！」任馨站起來。

「在這邊給我看好妳弟！」任爸不耐地吼。

任馨抖了下，立刻淚眼婆娑。

雖然剛剛才吵過架，但是看見任馨這個樣子，任凱還是不禁心軟，旁邊的任炎握住他的手，對他鼓勵似的微笑，任凱點點頭後說：「爸、媽，沒關係啦，我和任炎在這邊等，不會亂跑。」

「別傻了，我們怎麼可能讓你……」

「沒關係，你們就乖乖在走廊等，有問題的話旁邊穿白衣服的哥哥姊姊們都可以幫忙。」男人對他們微笑。

「可是……」

「讓姊姊一起來比較好。」男人對任爸說。

「……好吧。」

任馨立刻擦乾眼淚，轉頭有些複雜的看了任凱一眼，跟上父母。

「千萬不要亂跑，知道嗎？」任媽摸摸任凱的頭，表情看起來很傷心。然後門就關起來了。

「眼鏡叔叔問你什麼？」任凱看著任炎。

任炎微笑著搖頭，「這是祕密。」

「我們之間怎麼可以有祕密！」任凱不滿。

「人的心裡永遠都會有祕密。」任炎還是笑著，「凱，你想知道現在這邊有沒有別人嗎？」

任凱渾身緊繃起來，「這、這邊又不是我們家，每個人都是別人啊！」

任炎搖頭，嘴角帶著陰慘的微笑，「還有其他的喔，那邊、那邊、還有那邊，有人被倒吊著、有人上吊、有人則渾身是血，凱，你回頭看看，那個人從地上爬過來了。」

「任炎，你不要鬧了……我不喜歡這樣，我討厭你說這種話。」任凱哭起來，感覺恐懼爬滿全身。

但任炎臉上淡淡的笑容逐漸變成狂喜，他瞠大雙眼，哈哈大笑起來：「凱，有一點你說對了，我喜歡看你們害怕、困擾、爲難的表情，尤其是你，我最喜歡看見你哭了，你哭著叫媽媽、哭著要我別說的模樣，我覺得好可愛。」

任凱呆愣地看著笑彎了腰的任炎，不久，任炎忽然停住笑聲，輕勾嘴角，張開雙手擁抱住任凱。

「實在是太可愛了，可愛到……會想要毀壞你呢。」任炎在他耳邊說。

「任炎……」任凱顫抖著，他恐懼不已，第一次想逃離這個雙胞胎弟弟。

「凱，別動！」任炎抱緊他，「就是現在，快點回頭，記得我剛剛說的滿身是血的人嗎？他來了，就在你後面，只要現在回頭，就可以看見他的臉嘍，看，他在笑呢……哈哈哈哈哈哈哈哈哈哈——」

又一次的，任凱發出瘋狂的尖叫聲，他的父母、任馨還有眼鏡男都衝了出來，他們將任凱強壓在地板上，但任凱掙扎的力量大得異常，於是又有好幾個身穿白衣的人跑來，接著有人拿出針筒，刺入任凱的手腕。

任炎站在人群後面，手舉得筆直，大笑著對任凱高聲說：「凱！快看啊！就在那邊，你快看啊，只要你願意，你就看得見啊！」

任凱的意識逐漸模糊，他無法控制自己的視線要往哪看，只覺得一切吵雜的聲音都慢慢融成一團漆黑黏稠的物體，逐漸將他包圍。

自從那一天後，任凱和任炎的關係便產生了變化，他們不再像以前那樣時時刻刻黏在一起，更是鮮少交談。

任爸任媽爲任炎準備了一間房間，位於走廊的最底端，那個房間原本是用來存放一些雜物的，不過任炎沒有任何異議，當天晚上便搬了過去，從此再也沒有踏入任凱房內。

少了任炎的胡言亂語，任凱總算可以一夜好眠，不再需要擔心任炎會不會忽然對他說哪邊有「別人」了。

隨著時間流逝，任凱升上了六年級，而任炎依舊沒有去上學，可是他懂的不少，該知道的事情都明白，有時候甚至能解出任凱不懂的題目。

任炎變得越來越孤僻，躲在房裡的時間越來越長，任凱有時會站在他的房門前猶豫著是否要敲門。

事過境遷，六歲的不堪記憶已逐漸被沖淡，回憶都變得有些模糊了。任凱現在覺得，當時任炎也許是受了什麼刺激，才會有那種反常的表現。

自己不該因為孩提時代的摩擦，而遠離自己唯一的雙胞胎兄弟。

「任凱，你在幹什麼？」剛升上國一的任馨放學回來，「任炎在裡面嗎？」

「嗯。」

任馨冷眼看著任凱，她也與小時候不同了，似乎將所有情感與想法全壓抑下來，表現出什麼都不在乎的樣子。

「媽說要吃飯了，叫任炎出來。」任馨丟下這句話就進了自己的房間。

任凱嘆氣，敲了任炎的房門，一會兒後，腳步聲接近，房門打開，與任凱一模一樣，卻較為蒼白的臉龐出現在門後。

「媽說吃飯了。」

任炎點頭，像抹幽魂般走出，他單薄的身影日益消瘦，彷彿隨時都會消失。

當任炎走到任馨的房門前時，已經換下制服的任馨恰巧打開門，無視任炎往餐桌處走去，任炎停下來看著她的背影好一會，才繼續往前走。

目睹這一幕的任凱內心無比煎熬，任炎依然被忽視著，雖然情況和小時候相比其實好多了，至少現在父母會叫任炎的名字，任馨也會，即使他們並不情願，不過起碼沒有抗拒。

「過來坐好吃飯吧。」任媽招呼。

餐桌上擺著五副碗筷，以及盛好白飯的五個碗，坐在一旁的任炎還沒動筷子，任馨則已夾起一塊肉。

任凱坐到任炎身邊，當他拿起碗筷後，任炎才有了動作。任炎吃得不多，只吃了幾口白飯和青菜便起身回房。

任凱看著任炎搖搖晃晃走回房間關上門後，才又轉過頭吃飯，卻發覺父母和任馨的目光全集中在自己身上。

「怎麼了？」

「任炎回房了？」任媽問。

「對啊，你們注意到他的模樣了嗎？越來越瘦了。」

「鬼才知道。」任馨翻白眼。

「小馨！」任爸厲聲說。

「知道啦！」任馨沒好氣的扒了幾口飯。

「任炎最近……都在幹什麼啊？」任媽試圖裝得漫不經心，但害怕的神情出賣了她。

家人們對任炎冷漠疏離又畏懼的態度，讓任凱感到不是滋味。他放下筷子，不滿地說：「我知道任炎有點奇怪，但你們是他的父母，爲什麼要這樣疏遠他？」

「小凱……」

「任炎年紀和我一樣，可是他的體重只有我的一半，我不明白爲什麼你們從不跟他說話，也不關心他的狀況，對他不去上課這件事情也沒有任何意見。」

面對任凱的質問，任爸任媽一時無法反應，他們心裡有千言萬語卻說不出口，而任馨放下筷子，暴怒地對任凱大吼：「我才搞不清楚你是怎麼回事！」

「妳這個姊姊一樣差勁，連剛才在走廊上和任炎對上眼，也不跟他搭句話。」

任馨睜大眼睛，嘴唇發白，「我和他對眼？」

「原來妳忽視他忽視到這樣的地步嗎？」任凱失笑，「我們家到底怎麼回事？這些美好全是假象嗎？」

「任凱。」任爸終於開口，他並沒有要責罵任凱的意思，只是語氣十分凝重。

「我不想吃了。」任凱站起來，「也許要我也瘦到跟任炎一樣，你們才能看見任炎的痛苦吧。」

餐桌邊一片沉默，任凱回到自己房間。

他躺在床上，後悔自己剛才不該說出那些話，但仍對家人們的漠視感到生氣。他愛父母，也愛任馨，而即便和任炎鬧僵這麼多年，他依然愛他。

到底是哪個環節出錯了？

如果可以，他多想和任炎恢復成小時候的關係。

敲門聲傳來，任凱以爲自己聽錯了，直到第二聲響起，他才起身開門，外頭是任炎。

這些年以來，任炎第一次來敲他的房門，自從六歲那年之後，任炎便沒有再踏進這個他們曾經一起使用的房間。

任炎走到床鋪邊，面無表情的看著任凱。

「我聽見你和爸媽爭吵了。」

任凱有些尷尬，「是喔，那你爲什麼不出來？」

「我覺得沒有意義。」

「怎麼會沒有意義？難道你希望永遠都這個樣子，在這個家像隱形人一樣？」任凱忍不住吼。

「這對我來說不重要。」任炎的目光和孩提時期一樣空洞，「只要你知道我的存在就夠了。」

任凱煩躁無比地搔著頭，無法接受這個論調。他瞪了任炎一眼，任炎卻完全不爲所動。

忽然，任炎看著衣櫥的方向，就和小時候一樣，但反應不再那麼大，只是稍微睜圓了眼睛，舉起手指著衣櫥說：「凱，她還在那呢，都這麼多年了。」

「任炎，你別鬧了。」任凱握緊雙拳。

「我沒有在鬧，從以前到現在都沒有。」任炎依舊指著衣櫥。

「你明明說過，你只是喜歡看我們困擾的表情。」再一次的，小時候經常體會到的恐懼慢慢爬至任凱心頭。

「但我沒有說謊，其實你是相信我的對吧？不然你爲什麼不敢回頭？」任炎淡淡說。

相信嗎？

任凱自己也不知道。

但害怕是無庸置疑的，他恐懼著任炎所說的一切。

咬緊牙關，他告訴自己，這個衣櫥他看了十幾年，從來沒有任何奇怪的東西，就連任炎從小到大說著的「別人」，他也沒見過半個。

那些東西是不存在的。

是任炎心理扭曲了，因爲長期被冷落，才用這樣的方式吸引大家注意。

他用這樣的方式來報復得到父母寵愛的自己。

這樣下去不行，任凱覺得自己必須告訴任炎現實世界的模樣，任炎口中的世界是不存在的，他該走出房間到外頭去，只要看到了外面的世界，任炎就會清醒過來，就會明白世界之廣大。

於是任凱強壓下恐懼，回過頭看向衣櫥。

果然什麼也沒有。

「女人在哪？任炎？」他掛著笑容轉回來看著任炎。

任炎原本就相當蒼白的臉龐變得更加慘白，露出不可置信的表情，「她就在你眼前啊。」

任凱又望向衣櫥，並直直走過去打開，翻攪了一陣，在鬆了一口氣的同時也認爲自己早該這樣做。他對任炎說：「我沒看到。」

任炎看起來氣壞了，「爲什麼你依然拒絕相信？」

「那是因爲根本就不存在。」任凱淡淡回答。

任炎忽然發出尖叫聲，衝出任凱的房間回到自己房裡，發出砰的一聲巨響，任凱以爲會引來父母的關切。

但是沒有，不只父母，任馨也沒過來。

任炎的尖叫聲依然無法引起他們的關注。

任炎又一連幾個禮拜拒絕踏出房門，直到任凱考完期中考提早回到家的那天，他難得看見任炎坐在客廳。

「你願意出來了？」任凱放下書包，脫掉外套，從櫃子裡拿出棒球。

「你要去哪裡？」任炎問。

「我和班上同學約好去打棒球。」準備再度出門的任凱說著，停下腳步，「你要一起去嗎？」

任炎遲疑了，任凱覺得這是個好機會，如果能讓任炎見見他的朋友，或許任炎的精神狀況會好些。「走吧，我朋友都很好相處。」

想了一會兒，任炎慢慢地點頭，任凱大喜過望，上前拉起他的手，這是繼六歲之後，兩個人再一次肢體接觸。

兄弟倆都有些高興，覺得距離回到童年時代那樣親暱的日子不遠了。

集合地點在學校操場，途中會穿越一條馬路。平時這條馬路有學校的導護媽媽引導車流，就算沒有紅綠燈也很安全，但此時車輛頻繁來往，兩人在斑馬線這端等了很久，才終於找到時機通過。

「我在這裡看就好了。」經過一棵大榕樹時，任炎停下腳步。

「幹麼，我們一起過去啊，我把你介紹給我朋友認識。」

任炎搖頭，「我……沒和其他人說過話，先讓我在這看你們打球吧。」

任凱心想也是，任炎已經好幾年沒出過家門，光是願意走出來就是一大進步，他還是先慢慢來，別一下子就逼任炎和人群交流。

「好吧，那你在這邊看，如果覺得無聊的話，隨時加入我們！」任凱拍拍任炎的肩膀，任炎點了點頭。

當任凱往前跑去時，太陽也從雲層間探出頭，溫暖的光芒照耀下來，將任凱身後的影子拉長。他回頭，看見任炎單薄的身影站在樹蔭下。

「阿凱，怎麼這麼久？」班上的同學見到他，一個個都舉起手和他擊掌。

「我弟也一起來了。」

「你弟？你有弟弟喔？」幾個男孩東張西望，「在哪？」

「榕樹下那個。」任凱指了任炎的方向，打算先隱瞞自己是雙胞胎，等等好讓同學們嚇一跳。

「榕樹下？哪一個啊，那麼多人。」

任凱看過去，樹下的確站了不少人，有的是帶著孩子來散步的家長，還有其他年級的學生們，而任炎默默站在那邊，沒有一點反應。

「算了啦，反正等下再介紹！」任凱笑著。

幾個男孩組起陽春的棒球隊，雖然他們都是門外漢，也依然玩得很開心。期間任凱好幾次回首望向榕樹，期待任炎會過來加入，不過任炎只是站在那裡旁觀。

結束後，任凱對著任炎招手要他過來，但任炎搖頭。

「阿凱，你弟呢？」

「他不過來，眞是麻煩，我去帶他過來好了。」因爲運動過的關係，任凱的臉變得紅通通的，汗流浹背的他來到任炎面前，「喂，過來啊。」

「不要，我不想過去。」任炎抗拒。

「幹麼啊，我朋友想見你欸。」任凱轉過頭，那些男孩都往這裡看來，任凱對他們招手，「快啊，他們都很好相處的。」

「凱，你沒看到嗎？」

「什麼？」

任炎舉起手，指著任凱那些朋友所在的方向，「那個人背後有東西纏著。」

「你又來了。」任凱忍不住發脾氣，「他們背後什麼都沒有，你跟我過來。」

「不要抗拒，凱，不要抗拒看不見的世界。」任炎的語氣近乎哀求，「只要你願意，只要你張開眼睛，就可以看到在那裡啊！」

「任炎，夠了！不要再說了！」任凱大吼，都已經出門了，他不明白任炎爲什麼還封閉在自己的世界裡。

「阿凱，我等下還有事情，先回家了！」忽然，那群人之中有個男孩喊著，對他招招手後便和其他人道別，翻過旁邊的矮牆來到馬路邊。

「就是他，他背後有人跟著，那個人全身漆黑，還露出笑容了！凱，他要害死他，你朋友會有危險！」任炎的聲音急促起來，任凱看到那個朋友站在馬路邊左右張望。

「任炎，我受夠你老是講這些有的沒有的話了，那根本就不是事實，爲什麼要一直說謊！」任凱憤怒地對任炎大吼。

「凱，我沒有說謊，那個漆黑的人站在馬路中央對你的朋友招手。」任炎平靜地伸手指著馬路，「他要死了。」

「你——」

任凱的聲音被一陣尖銳的煞車聲蓋過，緊接而來的是巨大的衝撞聲以及玻璃碎裂聲，再來就是路人們的尖叫。

一滴冷汗從任凱的額際滑落，他瞪大著眼睛緩緩轉過頭，看見所有人都跑到矮牆邊，一台轎車撞到了那裡的電線桿，車頭全毀，但占滿任凱視線的，是在車頭與電線桿之間，那位剛剛跟他說再見的朋友——他的朋友渾身是血。

任炎的手搭上任凱的肩膀，在他耳邊輕輕說：「凱，你相信了嗎？」

當天夜裡，任凱在棉被中痛哭失聲，他是第一次目睹死亡。

他把房門鎖起，無論父母如何在外面敲門、哀求他打開，任凱都吼著要他們滾。

任馨用力踢著門把，大罵任凱不該將情緒發洩在父母身上，但任凱已經管不了那麼多。

不知道過了多久，外頭的月光竟亮得讓哭到睡著的任凱醒來。他揉著紅腫的雙眼，起身要拉起窗簾，卻發現一道細長的影子。

「任炎！你怎麼進來的？」任凱確認了一下門鎖，依然是鎖住的。

「我總有辦法。」任炎站在陽臺邊，看著天空的月亮。

今晚是滿月，銀白光芒耀眼無比。

「凱，你相信了嗎？」

「任炎，拜託你，現在不是時候！我的心情很亂！」

「證據就在你眼前，爲什麼你不肯相信我眼中的世界？」任炎回頭，任凱忽然有種錯覺，任炎白皙的膚色彷彿與月光融爲一體，即將隱沒於黑夜中。

「你不要再鬧了，爲什麼老是要用這種話來吸引我們的注意力？你越是奇怪，越不會得到家人的關注！你到底怎麼回事？講這些東西很好玩嗎？這樣能讓你獲得些什麼？」任凱大吼。

「我沒有要得到任何人的關注，我只要你看著我，凱。」任炎輕聲說，眼裡流下晶瑩的淚水，「我只要你看見我所看見的世界，我只要你。」

任凱混亂的腦海中浮現這些年來的記憶，從小到大，從任炎還與他一同嬉笑的時光，一直到無數個夜裡任炎低訴的恐怖話語，全都異常清晰。他想起在白色走廊上狂笑的任炎，這些日子以來足不出戶的任炎，以及今天，以淡然中帶著一點勝利的姿態預告了朋友之死的任炎。

任凱尖叫起來，自六歲後他便不曾如此失控過，他抱著頭，瘋狂地尖叫著。

急促的敲門聲響起，任馨大喊著怎麼回事，門外的三人瘋狂地扭動門把，卻徒勞無功。

「凱！看著我啊！張開眼睛看著這個世界，看著我的世界啊！」任炎大喊，抬手指向衣櫥，「那女人依然在那裡，那麼清楚，你不可能沒看見！還有天花板上、床底下，他們無處不在，你該看見的，你應該要看見的！」

眼淚模糊了任凱的視線，他抬起頭，惡狠狠地瞪著任炎：「我看不見那些東西，我也不要看見！」

「凱，你是不祥之物。」任炎悠悠地說。「你需要看見。」

「不，我不需要看見。」

任炎一愣，眼神裡充滿不敢置信的痛，他感覺自己被任凱背叛了。他痛苦地雙手環抱住自己的身體，瞪大眼睛看著任凱：「爲什麼不相信我？爲什麼不相信你自己？爲什麼、爲什麼？」

「滾，任炎，你滾，滾出我的世界！」任凱大吼。

「凱！你需要我！」任炎也吼回去。

「不！我不需要你！」

聞言，任炎瞪大眼睛，像是瞬間失去力氣般，往後一倒，從陽臺上跌落。

「不！」任凱連忙往前衝去，卻抓不著任炎的手，只能眼睜睜看著任炎流著淚往下墜落。

最後映在任凱眼裡的，是那張與他一模一樣的臉上，充滿了無助、受背叛的神情，在這個瞬間，任凱捕捉到了任炎眼中的憤怒。

他感覺到心中某個地方空了、壞了，有什麼消失了。

任凱呆呆站在陽臺，看著躺在樓下地面的任炎屍體。

「任炎……任炎、任炎！對不起、對不起，我不是故意的，我不是……」他的眼窩忽然傳來一陣劇痛，痛得他難以忍受而跪下，又被逼出不少眼淚。他轉過身往房內爬去，父母和任馨依然在外面敲打著門。

當他經過衣櫥時，眼角餘光瞥到了一雙女人的腳。

任凱抬頭，只見一個女人站在衣櫥前，沒有臉，卻擁有一張大嘴。

「啊、啊！啊啊啊啊啊！」任凱發狂大叫，整個人拚命往後退，撞到了床板，女人晃晃悠悠地朝他緩步走去。

任凱躲到床底下，嚇得不敢往外看，可是卻撞上一個柔軟而冰冷的東西。他回過頭，和一個小孩對上目光，小孩臉色慘白，眼睛瞪得如銅鈴般，像是要掉出來一樣，詭異地笑著。

「啊啊——不要！」任凱連滾帶爬從床底出來，但女人已經來到他面前，彎腰朝他張開嘴，「啊啊啊——救命啊——」

「小凱！小凱你怎麼了！快打開門，打開這該死的鎖！」他的父母和任馨在外面焦急地推撞著門，可是任凱無暇理會，因爲他看見有個長條狀的物體從天花板上延伸下來。那是一個老人，他的脖子整整扭轉了一圈，對任凱露出微笑。

「小傢伙，終於願意正眼瞧我們啦？」

「啊、啊啊啊——」任凱再度淒厲地慘叫，他的眼前出現了許許多多從沒看過的東西，一個個都不合常理。

他突然明白，這就是任炎一直以來看見的世界。

「救命啊！不要——」

那些東西逐漸靠近，恐懼與懊悔在任凱心中交織，那些彷彿是虛假的東西卻是眞眞切切的現實。

任凱的視線被淚水模糊成一片，他的腦袋陣陣暈眩，意識慢慢遠去。當他清醒過來時，映入眼簾的是白色的天花板。任凱轉動眼珠子，看見一旁的父母和任馨，他們發現他醒來，立刻圍攏過來關心，詢問他身體有沒有不舒服。

但是任凱卻看見父母身後有個臉爛掉一半的男人，於是他又瘋狂尖叫起來，任爸和任媽跟著哭喊，任馨則尖叫著任凱的名字，醫生和護士隨即衝過來，對任凱注射了鎮定劑。

任凱再次清醒時，看到父母的表情同樣擔憂焦慮，然而他的注意力完全被充斥在病房中的亡魂們拉走了。

清醒、尖叫、失去控制、注射鎮定劑、昏睡，這樣的過程不斷重複，他的父母心力交瘁，任馨哭著喊著罵著。如此經過幾天後，任凱不知道是第幾次睜開眼，再次感受到眼窩劇痛，並看見許多肢體殘破的亡魂，他依然恐懼，卻已經麻痺。

原來任炎說的都是眞的，其實也許他早就明白任炎說的是眞話，只是他不願意承認那些「事實」，因爲他看不見。

看不見，就可以假裝不知道。

他拚命抗拒，讓任炎活在這樣可怕的世界裡長達十幾年，最終在他的強烈拒絕之下，任炎終於受夠這一切，從陽臺墜落。

「爸……媽……」任凱的喉嚨乾燥無比，連說話都會疼痛。

「小凱，媽在這，你沒事了吧？你還好嗎？」連日來的掛心在任媽的臉上留下痕跡，幾乎不曾乾過的淚水再次湧出。她摸著任凱的頭，而任凱空洞的雙眼直視著天花板上那個垂落長髮，連帶滴下血水的女人。

「任炎呢……」任凱盯著天花板上的女鬼，流下眼淚。

「你連自己都顧不好了，還管任炎！」任馨氣急敗壞。

面對任馨這樣的反應，任凱先是一愣，接著勾起微笑，然後逐漸轉爲大笑。

「小、小凱？」任爸搖晃著任凱的身體，「你到底怎麼了？別再笑了，拜託你好嗎？」

「爲什麼任炎的死對你們來說這麼無關痛癢？」任凱注視著他的家人。

三人聞言一愣，面面相覷，再看著任凱。

「任炎的死亡對你們來說一點意義也沒有嗎？他的死沒有讓你們覺得自己錯了嗎？沒有讓你們後悔爲什麼漠視他這麼多年嗎？」任凱一邊笑著一邊哭，而他的家人沒有說半句話。

「任炎死了？」良久，任馨才遲疑地開口，這句話讓任凱失望到極點。

「妳不知道他死了？還是妳根本不知道自己有個叫任炎的弟弟？妳根本從來沒在乎他過！」任凱怒吼，因爲激動而抬起了打著點滴的手臂，導致血液逆流，鮮紅的血液順著管子往上，染滿了點滴袋。

「冷靜點，小凱。是我們瞞著小馨，沒讓她知道。」任爸抓住任凱的肩膀，

「任炎的死我們沒告訴小馨，所以她不知道，別錯怪你的姊姊。」

他懷疑地看向任馨，但任媽刻意將任馨擋住，表情複雜的看著任凱說：「任炎走得很安心，所以你也別擔心他了好嗎？好好照顧自己，別再讓我們擔憂了。」

這個時候，任凱明白了一件事情，那就是任炎的生死對他的家人來說一點都不重要。

他從父母眼中看見的，並不是失去一個孩子的傷痛，而是解脫。

任炎的死對他的父母來說竟是解脫。

這令任凱心灰意冷，任炎的死亡使任凱對自己的家人感到疏離。

「爸、媽，任炎說的是眞的。」任凱平靜地開口，他從未像現在一樣，內心毫無情緒波動。「那個世界眞的存在。」

「什麼世界？」任凱的父母有種不祥的預感。

「他眞的看得見鬼，因爲現在我也能看見了。」任凱舉起手，和任炎一樣，指著他父母與任馨的背後，一個個詭異微笑著的亡魂們站在那裡，「他們就在那裡。」

第四章

任凱張開眼睛，看見天花板上的日光燈，還有在上面爬行的詭異生物，然後再次閉上眼睛。他已經習慣一睜眼就看見鬼魅了。

他稍微掃視了一下四周，發現自己躺在保健室裡，床舖周圍的白色布簾被拉上。他試著呼喚張阿姨的名字，但似乎沒有人在。

嘆了口氣，他閉眼回想剛才的一切。

這麼多年以來，他還是第一次夢見以前的事情，畫面如此清晰，彷彿像是重新經歷了一次，讓他痛不欲生。

這也讓他更加肯定，他的陰陽眼不是任炎留下的羈絆，而是詛咒，任炎直到現在依然沒有原諒他。

「學長！你醒了啊！」忽然，布簾被拉開，封探頭進來，她的頭髮有些凌亂，手上端著一個托盤。

「妳在幹麼？」任凱注意到她連領子上的蝴蝶結都有些鬆脫，他想要從床上起身，卻忽然一陣暈眩。

「學長，你好像撞到頭了，還是不要亂動比較好。」封將托盤放到旁邊的桌上，任凱這才看清楚上面放著的是夢幻三逸品。

「這什麼？」任凱問。

「冰枕啊，放在頭下面墊著，讓你冰敷一下。」

「我是說，托盤上那是什麼？」

「學長，你眞的撞到頭了，你忘記夢幻三逸品了？」封皺眉。

任凱翻白眼，覺得跟封對話老是在鬼打牆。

「學長，你怎麼了啦？爲什麼會從樓梯上摔下來？嚇死我了，還好沒有很高，要不然頭破血流，然後流出的血形成一個階梯，變成神祕的第十三階怎麼辦？」

「妳在講什麼東西啊。」任凱有些無語，但封的胡言亂語也讓他笑了。

看到任凱的笑容，封鬆了一口氣。

「光是把你抬到保健室就讓我肩膀快要脫臼了，而且張阿姨又不在。奇怪了，爲什麼保健室阿姨老是不在？」封抱怨。

「也許在跟盧老頭商量床位的事情吧。喂，花栗鼠，幫我把冰枕拿走。」他稍微撐起上半身，封抽走冰枕，另外拿了一般的枕頭過來取代。

「我剛剛眞的很害怕，而且學長你是不是做噩夢？我看你一直皺著眉頭，有時候全身還會抖一下。你知道嗎？我本來弄了一團小旋風出來，就是用來治療你傷口的那種風，可是你一點反應也沒有，而且好像也沒有趕走你的噩夢，這讓我想到佳惠，她也是昏迷不醒……」封越說頭越低，剛剛看著任凱閉著雙眼的模樣，她的腦中盡是一些不好的念頭，以爲任凱會就這樣睡下去。

任凱看了一旁的夢幻三逸品，「所以妳才去拿那些東西？」

封點頭，還吸了吸鼻涕，「對呀，我想說如果用風沒辦法讓你醒來，就試試看食物的誘惑有沒有效。你知道要一次拿到夢幻三逸品有多辛苦嗎？劉阿姨到底怎麼回事，她怎樣都不肯給我耶，上次明明一口氣拿了一堆給你和阿谷。奇怪，這根本是性別歧視！」

「劉美女喜歡帥哥，漂亮的女生對她來說是敵人。」任凱說完後一愣，因爲他見到封露出開心的笑容，「不過我的意思不是說妳漂亮，別自我感覺良好。」

封哼了一聲，不過還是甜甜地笑著，「總之你醒來眞是太好了。」

面對這樣率眞的反應，任凱突然有些尷尬，他咳了一聲，伸手拿起芒果汁，封立刻叫了一聲。

「幹麼？這不是專程爲我拿來的嗎？」

「是啦……但你都醒過來了，這些可是我和劉阿姨纏鬥很久才搶到的，所以我也想吃一點嘛。我的夢想可是在畢業前一口氣吃三逸品呢！」封裝可愛地眨眨眼睛，還順便用拳頭敲了一下自己的腦袋。

任凱揚起微笑，一邊看著封，一邊拿起芒果汁喝了一大口，在封發出哀號前，又馬上咬了一口咖哩麵包。

「那至少布丁……」

還沒說完，布丁就被任凱吃掉了。

哭哭啼啼的封被迫幫任凱將食物的包裝拿去丟，任凱揉了揉後腦，他的頭已經不痛了。兩人走出保健室，封問任凱為什麼會在樓梯失足，他猶豫了下，還是據實以告：「任炎出現了。」

封一驚，「他、他要幹麼？」

「他埋怨我當年不信任他，以前我一直逃避他所看見的那些東西。」

封不禁咬著下唇，沒有說話。

「我有點心虛，嚇了一跳，為了推開他，自己才不小心從樓梯上摔下去。」任凱聳肩，他發現封反常的沒有提出一堆問題，而是沉默不語，於是用手肘頂了封一下：「妳怎麼了？」

「沒有啦，我只是想說，嗯……學長你撞到頭，一定沒辦法自己回家，所以我今天好人做到底，就送你回家吧！」

「這倒不用了。」任凱往前走去。

「等等啦，學長。」封趕緊追上，現在是上課時間，她不知不覺蹺了一堂課，東張西望的，就怕遇見巡堂的老師。「我們要走比較沒人的地方啦。」

「花栗鼠，妳現在學壞啦？不回去上課？」任凱挑眉。

「啊……也是，可是學長你不舒服……」

「我的情況不礙事。」任凱轉了兩下脖子，表示自己眞的沒事。

「那學長，放學等我，我送你，我是認眞的。」封雙手在胸前握拳。

「我也是認眞的，妳不用送我。」任凱給了個敷衍的微笑。

「不！我堅持！我一定要送你！」

「我也堅持妳不用。」接收到封認眞無比的眼神，任凱皺起眉頭，「妳到底是怎樣？爲什麼要送我回家？妳該不會跟命運決定好的一樣，已經喜歡上我了吧？」最後一句話是玩笑，他只是想用兩人之間可笑的命運之說來調侃封，可是封卻因爲這句話紅了臉，讓任凱也臉紅起來。

「花栗鼠，妳幹麼臉紅？有病喔妳！」任凱的聲音有些緊繃。

「你、你才是，你幹麼臉紅啦！」封用兩手胡亂抹著自己的臉，「我是說眞的，別忘了，不只我的處境危險，你也一樣危險，而且你現在又沒有能力保護自己，如果有妖怪或是什麼東西要抓走你，我能控制風，比較能照顧你。」

這句話從一直被任凱保護的封口中說出，頓時讓任凱面子有些掛不住，「花栗鼠，妳好大的口氣啊。」

「本來就是，像是剛剛在樓梯間，如果我們在一起的話，那你摔到地上的瞬間，我就能揚起一陣風保護你，你也就省得皮肉痛了。」封鼓著臉頰，任凱雖不太高興，不過也無法否認封所說的話。

還沒覺醒的他現在就只有逃跑的能力。

「我知道了，但我是騎機車來，也沒有多帶一頂安全帽。」任凱以爲這樣說封就會知難而退，可是封卻插起腰，「你撞到頭還騎什麼機車啊！我們搭公車！」

於是，放學時刻，任凱和封一同站在公車站牌旁等車的畫面，讓周遭的學生都看著他們竊竊私語。面對眾人毫不掩飾的目光，封全身僵硬，小聲地對任凱說：「學長，我好緊張。」

「妳自找的。」任凱只覺得好笑。

封噘起嘴，目光瞥到從校門走出來的孫娜，對方看到他們，頓時臉色蒼白，手上的提包還掉到地上。

「學長，孫老師臉色發白耶。」封偷笑，「因爲她萌妳跟阿谷的CP，所以看見你跟我站在一起不能接受。」

「妳能不能說國語？」任凱渾身起了雞皮疙瘩，而後靈光一現，想到這是個好機會。雖然孫娜要怎麼想是她的自由，可是一想到自己在別人心中竟是和男人搞在一起，任凱就覺得不能坐視不管。

所以，他故意伸手搭上封的肩膀，讓封靠近自己一些，這個舉動讓附近的女同學們都震驚地倒抽一口氣，紛紛討論著他們的親暱模樣。

「學、學長！」封幾乎要尖叫出聲。

「別亂動。」任凱命令。

「可是、可是你抱著我欸！」封的臉頰很燙。

「在樹林裡不是也抱過嗎？」

「那、那不一樣啦。」封渾身僵硬，她和任凱靠得很近，覺得自己被他碰觸到的地方都在發熱。

天哪，學長眞的好帥喔……冷靜點啊封，不要胡思亂想，這裡是公眾場合啊！沒注意到封的內心已經小鹿亂撞到暴衝的程度，任凱看了眼站在校門口的孫娜，對方臉色慘白，像是洩了氣的皮球一般，眼角含淚的默默走過斑馬線。

這下子不會再亂想了吧！

任凱勾起笑容，正巧公車來了，他伸手招停，拉著封在眾人的注目之下上車。

在公車上坐定後，任凱才笑著對封解釋自己這麼做的理由，卻看見封像隻紅通通的章魚一樣，這才意識到剛剛眞的將封攬得太近了，頓時也有些不好意思起來。

「我是因爲不想再讓孫老師亂想，妳別在意啦。」任凱爲了掩飾尷尬，哈哈乾笑了兩聲。

「對孫老師來說我可能是她的雷……你這樣眞的很過分，也許你和阿谷是她的養分耶……」封碎碎念著任凱聽不懂的話。「而且學長，你以後不要再這樣子抱我了啦，我覺得很奇怪，會緊張。」

封淚眼汪汪的，配上紅著臉的模樣，讓任凱更加不好意思。他無法再直視封的臉，咳了一聲，趕緊看向窗外，咕噥著說：「我知道了啦！」

「那就好，答應我了喔！」這次換成封沒有發現任凱的不對勁，還喜孜孜地因爲得到承諾而哼起歌。

封的側臉映在公車窗戶上，任凱透過窗戶盯著她，有些出神，隨即搖頭。她可是花栗鼠啊，會由於她而臉紅的自己沒問題吧？

下車後，封和任凱並肩而行，雖然兩人之間話題沒有停過，但仍有一點小小的尷尬。不久，任凱停在一個社區前，封抬頭看著高聳的大樓，忍不住讚嘆：「哇，學長，你住在這裡喔？好高級啊！」

「只是很普通的住宅，妳不要因爲建築物高了一點就覺得高級。」任凱損她，用門禁卡開啟一樓大門。

一進去就看見一座噴水池，裡頭有幾隻漂亮的鯉魚與烏龜，而不遠處是游泳池及網球場，封還看見了健身房的指示標誌。

「你知道嗎，學長，一般的住宅大樓絕對不會有這些設施。你是有錢人吧？」封好生羨慕。

「一般都有吧。」任凱否認。

「你是朱小妹啊！」封大叫。

「妳是說那個以爲每個人家中都有一棟別墅的朱小妹嗎？」任凱往左邊那棟樓走去，封跟在他後面。

「對，就是那個朱小妹。」

「我哪有那麼誇張，我從小就住在這邊，所以也不覺得有什麼特別。」兩人進了電梯，任凱按下十二樓，電梯快速且安靜地往上升。

封不想再和他爭論，她已經充分感受到彼此生活環境的差異。「學長，你爸媽在家嗎？」

「現在應該不在。」任凱看看手錶，這時電梯門打開，他順勢往外走。

封張望了一下，這層樓只有兩戶，光只是門看起來都很高級。任凱往左邊那道鐵灰色的門走去，拿出鑰匙打開。

「那任馨姊呢？」

「她住校，當然在德新。」任凱扭開門鎖，脫掉鞋子後指向身旁的鞋櫃，「鞋子放那邊就好。」

「喔。」封脫下皮鞋，整齊地擺到鞋櫃裡，然後進入任凱家中，說了聲「打擾了」並關上鐵門。

然後在這個瞬間，她瞪大眼睛，驀地意識到自己居然順理成章地進到任凱家裡，而且對方的家人還都不在。

怎麼會這樣！她不是只是要送任凱回來嗎！封不禁在內心吶喊。

「杵在那幹麼？把門關上。」

見任凱的態度這樣自然，封覺得自己還是別胡思亂想的好，默默穿上一旁的拖鞋。

「妳隨便坐，我去換件衣服。」任凱往走廊走去，封偷看了下，見到他進了其中一個房間。

她站在客廳裡東張西望，覺得相當新鮮。任凱家的客廳有一片大大的落地窗，外面是陽臺，擺著一張白色鐵桌和兩張鐵椅，旁邊還有幾盆漂亮的盆栽，看得出來受到精心照料，封覺得任馨一定常會坐在那邊喝下午茶。

而客廳放著一張素面的L型布沙發，桌子則是以白色大理石製成，桌上沒有任何物品。封往前走，瞄了眼左邊，是開放式廚房以及餐桌。

她來到任凱剛剛進入的走廊，左右兩邊共有五道門，其中一間一看就知道是廁所，因爲門的顏色和其他房間不一樣。

有一道木門上掛著可愛的牌子，上面畫了一顆心，封猜想應該是任馨的房間。

她不禁想著，任炎有沒有自己的房間呢？

忽然，其中一道門被打開，封嚇了一跳，一開門就看見她的任凱也嚇了一跳。

「偷窺？」任凱皺眉，他已經換下制服，穿著一件白色T恤。

「誰要偷窺啊！」封立刻紅著臉抗議，任凱輕笑幾聲，封小聲地說：「我有個問題想問。學長，任炎是跟你同一間房間嗎？還是……」

任凱頓時垂下目光，看著角落的房間說：「他的房間在那。」

封看過去，那道門看起來跟其他房門一樣，但她很難想像任炎居然擁有自己的房間，所以又問：「我可以去看看嗎？」

「妳看他的房間做什麼？」任凱疑惑。

「就……看看啊。」封敷衍地回應。

「我從來沒去他的房間看過，不知道裡面是什麼樣子。」

對此，封並不感到訝異。「學長，我好渴，幫我倒水。」

任凱斜睨她，「妳倒是很不客氣。」

「你剛剛自己叫我隨便的。」

「……知道了。」任凱轉身前瞥了任炎的房門一眼，才往廚房走去。

封立刻把握機會跑到任炎房間門前，深吸一口氣後打開，然而裡面沒有什麼讓她感到驚訝的地方，十分平凡無奇。

一張書桌跟單人床，床上沒有鋪床單也沒有床墊，一邊堆著許多箱子。這裡看起來與其說是房間，倒不如說是用來堆放雜物的小倉庫。

如果這裡曾經住過人，只是後來改成存放雜物的空間，也不可能毫無生氣到如此程度，根本看不出有人生活過的痕跡。

封關上房門，咬著下唇。任凱說，他從來沒有進來過任炎的房間。

他是潛意識中選擇避開嗎？

這是封之所以想察看任炎房間的主要目的，她只是想看看任炎生活過的地方。

她轉過身，看見任凱在廚房準備飲料，她想了想，來到客廳的落地窗邊，將窗戶打開一條細細的縫，然後走進廚房。任凱泡了杯熱可可放在餐桌上，封喝了一口，任凱又拿來棉花糖，加了幾塊進去，白色的棉花糖漂浮在上頭。

當封抬頭對上任凱的眼睛時，突然覺得他好像很寂寞、很害怕，她也不知道爲什麼自己會有這樣的感覺。

她覺得任炎似乎還活在任凱心中，以另一種方式活著，這讓任凱感到恐懼。

「學長，我會一直在你身邊的。」所以，她下意識說出這句話，雖然沒有其他意思，不過聽起來太過曖昧，令她不禁再次臉紅。

任凱看著封困窘的模樣，笑了起來，心裡明白封說這番話的用意無非是爲了安慰自己。

「妳進去任炎房間了？」

「呃……對，我還是忍不住看了下。」封老實承認，雖然這樣很沒禮貌，但她依舊想確認。

「他的房間應該很簡單吧，我想可能什麼擺設也沒有，頂多有幾本書或是錄音帶。」任凱的神情有些淒楚。

封抿著唇，「任炎離開後，你媽媽有整理過他的房間嗎？」

「沒有，我要求他們誰也不能動，誰都不能進去，這是對任炎最後的尊重。」

難怪裡面積了很多灰塵。封心想。

「我剛剛只有打開門，沒有進去。」封補充，任凱微笑點頭。

「沒關係，我也想讓任炎見見妳，畢竟他原本是瘟。」他覺得也許就是因爲任炎是瘟，才會對那個世界這麼敏感，才會總是陰陽怪氣。

封猶豫再三，最後還是說：「學長，你才是瘟啦，任炎他不是。」

任凱搖頭，「我說過了，一開始有陰陽眼的是他。」

「可是學長，小虎說瘟的能力不會轉移，所以瘟一定是你。」

聞言，任凱盯著封看，「妳把任炎的事情告訴他了？」

察覺到任凱顯然不太高興，封連忙搖頭，並說了謊。「沒有，我只有問他能力會不會轉移而已。」

任凱看起來不是很相信，但也沒有多說什麼，最後封靜靜地喝完熱可可，起身向他告辭。

「明天要來上課喔，還有，如果真的不舒服，就趕快去醫院，如果有去醫院要記得打電話給我，不然醫院太多那種東西，我怕你被騷擾……」

「我已經被騷擾慣了，不差這一次。」任凱的語氣沒什麼情緒。

「嗯……好啦，那我先回去了……」封來到玄關穿上鞋子，轉過身對任凱揮手道別，「那個，學長，我覺得你可以去任炎的房間看看。你說你從來沒進去過，但我覺得你該看看任炎生活過的房間是什麼樣子。」

「再說吧。」任凱隨口回應。如果進入任炎的房間，他無法確定自己不會再次陷入失去任炎的痛苦和懊悔中。

封站在噴水池前抬頭望著位於十二樓的任凱家，她擔心了好幾天，也憋了好幾天，只希望任凱能聽進她最後說的那句話，去任炎的房間看看。

她深吸一口氣，舉起一隻手，她的掌心湧出一股微風，往上盤旋而去，飛往十二樓的窗臺。

「希望這陣風能推動你，學長。」封輕輕嘆息，離開任凱家所在的社區。

依然坐在餐桌邊的任凱正盯著任炎以前曾坐過的位子，微風從開了細縫的窗戶溜進來，朝他吹去，從下往上將他溫柔地纏繞住。

頓時，任凱的腦中彷彿有什麼被接通了一般，站起身往走廊底端的房間走去。

他在任炎的房門前猶豫許久，抬起手放在門把上，幾度縮回手之後，最後還是將門把往下一壓。

他深吸一口氣，推開房門。

屋內充滿屬於任炎的味道，淚水頓時從任凱的眼眶湧出。

果然如他所想像，任炎的房內色彩單調，床單是深灰素面，被子整齊地疊好放在其上，書桌上的物品也井然有序，書櫃裡陳列著許多艱澀的書籍，放在地上的收音機旁有不少錄音帶。

他不敢再往前一步，任炎曾在這個房間度過無數日子，在這獨自承受寂寞與恐懼，這裡是任炎的避風港，他卻從來沒踏足過。

任凱突然倒抽一口氣，後退一步關上房門，渾身失去了力氣跪到地上，放聲痛哭起來。

「任炎……對不起……」

最終，他還是只能說這句話。

悼念那些回不去的曾經，以及無法挽回的過錯。

封一路思考著剛剛在任凱家看見的情景，走到了一間裝潢風格簡約的咖啡廳外。她躊躇了一下後點點頭，像是下定決心似的，邁開步伐往店門走去。

「歡迎光臨。」像是早就預料到封會來訪，站在櫃檯後的小虎露出微笑。

封回以笑容，坐到櫃檯前的座位，點了布朗尼、藍莓起司蛋糕、香蕉巧克力冰淇淋鬆餅，以及伯爵奶茶。

「妳又使用風了嗎？」小虎挑眉，著手準備起封的餐點。

「嘿嘿，不是說要多練習嗎？我現在越來越上手了。」封吐吐舌頭，伸出右手輕輕晃動食指和中指，指尖隨即冒出兩團小旋風。

小虎讚許地看著，封用左手抓住那兩團風，接著張開手掌，兩團風已經融合成一團，在她的左手心上轉動。封的手一握緊，旋風便消失無蹤。

「看來很熟練嘍。」小虎微笑。

「不只這樣，我還能感受到風裡面的情緒。」封的下巴靠在自己手上，「例如我想治好學長的傷，那使出來的風就有這樣的效果。而如果我只是想要練習，產生的風就會像剛剛那樣。」

「這是妳的天賦，也是妳的本能。」小虎送上伯爵奶茶和兩塊蛋糕，開始烤鬆餅，香甜的味道散發出來。

「你有在上學嗎？我看你好像一天到晚都在這呢。」封吃了一口布朗尼，濃郁的巧克力香氣瞬間在嘴裡擴散。

「我的課不多。」小虎簡短回應，見封還是有些疑惑，他才接著說：「我跳級，目前已經把大學的課程全部修完了。」

「跳級？」封複述，一點也不覺得意外，「那你可以多修一個科系啊，那個叫什麼……雙主修？」

「是啊，基本上幾乎整所大學的科系我都念完了，所以我等於是提前畢業，只是還沒拿到畢業證書。」小虎自然地說，一面將鬆餅從鬆餅機取出。

「你……是開玩笑的吧？」

小虎歪頭看著封，「妳說呢？」

封聞言便放棄懷疑了，反正她身邊發生的事情早就全都脫離常軌，有鬼有妖怪，還有從盤古時代就存續至今的兩極與瘟，相較之下，身邊有一個跳級並且把大學所有科系都修習完畢的人，好像也沒什麼不可思議的了。

「好了，妳的鬆餅。」小虎將鬆餅端上桌。

「哇！看起來好好吃。」封挖了口冰淇淋，滿足得臉都皺成一團。

小虎微笑著拿了一壺茶放在一旁，並且走到她身邊的座位坐下後，從背後憑空拿出青銅色的龍紋杯。當茶注入杯中時，上頭的龍紋似乎輕輕晃動著。

「因為很溫暖，所以它覺得很舒服。」小虎見到封盯著龍紋看，於是解釋。

「它是活的？」封很訝異。

「活的在天地之間遊走，這只是被遺留下的一小部分而已。」

小虎說的話總是讓人不解，封不懂裝懂，點頭說：「嗯嗯，像是遺腹子那樣就對了。」

小虎好笑的看著封，換了話題。「現在使用風還會像那天在樹林一樣，有暈倒的副作用嗎？」

「沒有，只是更容易餓了。」封已經吃完藍莓起司蛋糕。

「用我給妳的白瓷杯子能多少避免這樣的狀況，之前要妳隨身攜帶，就是以防妳在身體還沒習慣以前，就過度使用風的能力。適時地用那杯子裝水喝，能補充妳的體力。」

封瞪大眼睛，「你的意思是說，如果當時我有用那個杯子喝水，就不會暈倒了嗎？」

小虎點頭，封不禁暗罵自己笨，這樣子會省去很多麻煩，她可以自己解決般若，任凱也就不會受傷了。

「過去的就過去了。」小虎揉揉封的頭，「說吧，什麼事情呢？」

「咦，看得出來？」封吃掉最後一口布朗尼。

「有事情才會來找我，不是嗎？」

封皺起眉頭，「幹麼說這麼寂寞的話呢，我們不是朋友嗎？沒事也會想來找你聊天啊。」

這句話讓小虎的笑意更深了，「那要聊什麼呢？」

「嗯……就是關於那天我們在樹林裡討論的事……」封回想起那時候，當她詢問小虎瘟和兩極的能力會不會轉移時，小虎給了否定的答案。她提及任炎的存在，小虎卻斬釘截鐵地說不可能，因爲瘟與兩極絕對不會是雙胞胎。

「即使是雙胞胎，其中一方也會在母親的肚子裡就被吞噬掉，兩極和瘟是非常強烈的存在，不可能和其他生物共存在一個溫室裡。」

也就是說，就算本來是雙胞胎，也不可能會生出雙胞胎。

「那時候你說……學長可能是扼殺了覺醒而不自知，意思是任炎是他覺醒的象徵，所以任炎死了，也表示覺醒消失了？」

「差不多就是這樣的意思。」小虎喝了一口茶。

「但學長是眞的相信任炎存在過。」先前封去任凱家時，之所以特別察看了任炎的房間，就是要確認任炎存在與否。

「這種狀況是第一次發生，歷代的瘟都是自己感受到力量湧現，看得見鬼後不久便會擁有使鬼的能力，就像妳一樣，會先不自覺地使出風的力量，可是必須經過一段時間才能掌控。」

「那會不會因爲這樣，學長就不會覺醒了？」封想了想，「應該是說，他不覺醒會怎麼樣嗎？」

「不會怎樣啊。」小虎聳肩，「不過如同妳當初沒覺醒時一樣，遇到危險他將無法自保。」見封緊皺眉頭，小虎伸手揉開她的眉心，「不會因爲你們沒覺醒，就不是兩極跟瘟，所以說，覺醒對你們有利無弊。」

「但以前的兩極和瘟都覺醒了，爲什麼還是死了？」封說出癥結，而小虎的笑容僵住。

「是沒錯，然而他們也造成了不小的災害。」小虎的笑容太過勉強，封再度蹙起眉，他只好嘆息，「我從沒說過傷害兩極和瘟是件容易的事情，尤其當他們覺醒後會更加困難，但他們終究難以逃過各界的追殺，因爲通常兩人相愛後，只要先殺了其中一方，事情就會變得簡單得多。」

「因爲另一方會崩潰。」

小虎望著封的眼睛，「對。以往若只有兩極或是瘟單獨出現，引發的就只是單純的爭奪……這我之前說過了。但若他們同時出現又相愛，各界都會拚命阻止他們結合，並想盡辦法先殺死一方，這樣另一方會在瞬間因爲強烈的悲痛而無法動彈，露出可趁之機。」

「你講得像是曾經在現場一樣，你們家族的歷史想必很悠久吧。」封扯著嘴角，小虎一愣，隨即露出溫暖的微笑。他看著封的眼神十分溫柔，一時間令封不知道該看哪裡，只好將注意力轉到鬆餅上面，大口吃著。

「我的家族……很危險。」

封抬頭看著小虎，他繼續說：「尤其是當家，我和他永遠不對盤。」

「當家……他很厲害嗎？」

「不然怎麼會是當家呢？」小虎用鼻子哼了聲，「任凱的情況有點不妙，他封閉了覺醒，卻又看得見鬼，還相信自己有個雙胞胎弟弟。他的家人對此沒有什麼反應嗎？」

「這我就不知道了，也許我們可以問問任馨姊。」封拿出手機，卻想到自己根本沒有對方的聯絡方式。

此時，咖啡廳的門打開，穿著格子裙的任馨站在門口。

「任馨姊！怎麼這麼巧，我們正想要找妳呢！」封跳起來。

「巧？不是特地派人來把我押來的嗎？」任馨顯得相當不悅，封嚇了一跳，小虎則狐疑地揚起眉毛。

「押？我是用請的呢。」

一名高大的男人出現在任馨背後，沉默不語，任馨回頭瞪了一眼，大步走進咖啡廳，往窗邊的沙發一屁股坐下。

「獅爺，你是怎麼請她來的？」小虎問，而獅爺只是挑眉。「算了，大概想像得到。」

封乾笑幾聲，正生著悶氣的任馨踹了下前方的椅子。封心想，果然一山還有一山高，看樣子獅爺就是任馨的剋星。

封和小虎坐到任馨對面的座位上，而獅爺圍上圍裙，站在櫃檯裡擦拭著剛洗好的杯子，這模樣跟他的形象完全搭不起來。

「所以有什麼事情？」自從上次的樹林事件後，這還是任馨第一次跟小虎見面，她直覺一定沒有什麼好事，畢竟這幫人都很不正常。

小虎對她微笑，右手輕輕舉起，任馨忽然一陣耳鳴，但很快就停止。她驚訝地看著周遭，覺得似乎有一層透明的膜將他們所處的區域包覆起來。

「以防竊聽。」小虎解釋，而封已經見怪不怪，就算小虎突然飛天她也不會覺得不可思議。事實上，當時小虎在樹林裡的確曾騎著貔貅飛天過，只是封並不知道。

「任馨姊，是這樣的啦，我們有個問題想問妳。」封思考著要怎麼說才好。

「快說吧。」每次面對著封，任馨就會不由自主放軟態度，她沒來由地喜歡眼前這名女孩。

「就是……任炎……」

任馨瞪大眼睛，突然站起來，「妳聽過這名字？是任凱說的？」

「對……」見任馨反應這麼激烈，小虎便能猜到事情跟他所想的八九不離十。

「任炎並不存在，對吧？」小虎說。

任馨眉頭皺得很緊，神情複雜的盯著小虎，「你什麼都知道，是嗎？」

「不，在封葉告訴我任炎的事之前，我並不知道任凱有個幻想出來的雙胞胎弟弟。」小虎聳肩。

「任馨姊，學長爲什麼會這個樣子？你們沒告訴過他任炎不存在嗎？任炎甚至還有自己的房間呢！」封焦急地問。

任馨吃驚地看著封，而後緩緩坐下，無奈地笑了笑：「妳去過我們家啦？」

「對呀，剛剛去的，我看過任炎的房間，那根本就是一間小倉庫啊，爲什麼學長一直認爲那是任炎的房間？」

「他讓妳進去任炎的房間了？」任馨對這句話感到懷疑，「他明明不准我們任何人靠近。」

「我是偷偷看的啦，但學長知道了也沒說什麼。」封吐吐舌頭。

「看來妳對任凱來說，眞的是特別的人呢。」任馨低語，這句話讓封紅了臉，而小虎苦笑著。

這是必然。

「你們是什麼時候得知任炎的存在？」小虎問。

任馨嘆了口氣，看著窗外的車水馬龍。

「很早就知道了，任凱很小的時候，就會對著沒人的地方說話……」

第五章

她比任凱大一歲，雖然只有一歲而已，但仍是姊姊。

已經忘記是從什麼時候開始，等她眞正意識到時，任凱已經是個行爲舉止非常怪異的小孩。

她回想起年紀更小時的一些記憶片段，任凱常常對著空無一人之處傻笑、說話，或是玩耍。

任馨一開始認爲，任凱只是爲了吸引家人的注意力，所以並不理會，可是後來她發現，任凱朝無人處說話的頻率高到像是那裡眞的有人存在。

「這次我是機器人，下次換我當怪獸。」

有次任馨經過任凱的房門時，聽見了他在裡面說話的聲音，她從門縫看進去，任凱並沒有開燈，這讓她覺得自己的弟弟眞是陰陽怪氣。而當她上完廁所出來後，聽見任凱依然在房內玩。

先前慶生時，任馨也聽見任凱在走廊上朝房間裡喊，不過她那時注意力全在蛋糕上，沒有察覺父母神情怪異，也沒注意聽任凱在喊什麼。

「你不要鬧我了啦，哈哈哈！」聽到這句話的瞬間，任馨忽然覺得不太對勁，於是她打開房門，蹲坐在黑暗中的任凱嚇得轉過頭。

她按下電燈開關，發現任凱一手拿著機器人，另一手拿著怪獸玩偶，似乎是在跟自己玩。

「任凱，你在幹麼？」

「我、我在跟任炎玩啊。」

任馨皺起眉頭，他幫自己剛收到的機器人取名叫任炎嗎？

可是感覺不太對，任凱跪坐著，伸直了拿著怪獸玩偶的那隻手，並將玩偶朝向自己，像是模擬對面有個人在跟自己玩一樣。

任馨看了他前方一眼，並沒有任何東西，「快點去洗澡睡覺，不要吵了。」她砰的一聲關起房門，總覺得任凱有點奇怪。

當她抬腳要往自己的房間走時，再次聽到任凱的笑聲傳來。

「你看到任馨的表情了嗎？」

「她老是氣呼呼的。」

任馨一陣毛骨悚然，驚愕地轉頭盯著任凱的房門。

一個是任凱的聲音，另一個聲音她不認得。

任凱的房間裡有別人嗎？

她原本想再次開門確認，不過任凱卻率先打開門，見她還站在門口，任凱像是做賊心虛，往旁邊看了下後抿嘴偷笑，前往浴室。

任馨看見他拿了兩條浴巾，卻不明白他爲什麼要用兩條。

印象中，任凱好像一直都是拿兩條浴巾，但直到現在她才察覺不對勁。此時，任馨聽見本該是一個人在浴室裡洗澡的任凱發出開心的笑聲，於是躲在浴室外偷聽。一聽之下，竟發現聲音有兩個，她頓時嚇得往後退，撞上了走過來的任媽。

「媽！任凱好奇怪，浴室裡明明只有他一個人，可是他好像在跟誰玩一樣！」她嚇得將房間裡發生的事情也告訴任媽，發現母親雖然表情凝重，卻一點也不意外的樣子。

「沒事，妳回房間去吧。」任媽笑得無力。

見到那樣的表情，任馨不敢多問，只好回到自己的房間。她一直注意著外面的動靜，好不容易聽到任凱出浴室，便連忙偷偷開門窺視。

她看見母親拉著任凱的手到客廳吹頭髮，而任凱頻頻回頭。一開始她以爲是自己躲在這偷看被發現了，但很快便注意到，任凱看的不是她。

任凱所看的方向是浴室門前的一個點，接著，他的目光開始移動，從浴室門前、走廊、一直到他的房門口才停下。

就好像有個人或是東西，從浴室走回他的房間。

這個想法讓任馨嚇得連忙關上房門，躲到棉被裡，害怕得不斷發抖。

不一會兒，她聽見任凱回到房間的聲音，出於好奇，她再次將耳朵附在牆壁上，隱隱約約可以聽見任凱的說話聲。

而且還有另一個低沉的聲音不時回應他。

任馨踉蹌地後退，她抱起枕頭，立刻奔往父母房中。

「爸、媽！任凱的房間有人，我聽見他們說話的聲音，我好怕！」任馨掉著眼淚，她的父母只是無奈地互看，摸著她的頭安撫，並將她抱入懷中。

「也許只是過渡期……」任媽喃喃說。

任馨在父母懷中安心入睡，但很快就被一陣淒厲的尖叫聲吵醒，任爸任媽搶先她一步反應過來，往任凱的房間跑去。

時間已是半夜，任馨待在父母漆黑的房中，只有月光隱隱透過窗簾灑進來。聽著任凱的慘叫，她的心臟劇烈跳動著，終於忍受不住連滾帶爬地衝出去。

當她來到任凱的房門口時，只看見任爸搖晃著任凱問他怎麼了，而任媽哭得滿臉淚痕，這一幕讓她不禁傻了。

任凱明顯劇烈地顫抖著，他滿臉驚駭，斷斷續續哭著說：「有東西、東西在那邊……」

在這個瞬間，任馨覺得恐懼充斥了整個空間，她的父母也在害怕，可是任爸仍勇敢地走到任凱所指的地方，也就是衣櫥前，任馨趕緊跑到任媽身邊，緊抓著她的衣服。

「我要打開了。」任爸嚥了下口水，迅速打開衣櫥，但裡面除了任凱的衣服以外，沒有其他東西，這讓他們全部鬆了一口氣。「看，小凱，裡面什麼也沒有，是你做噩夢了。」

什麼嘛！自己嚇自己，果然是做噩夢吧。任馨心裡也這麼想。

她扭頭看向依然縮在母親懷中顫抖的任凱，卻發現任凱直盯著床鋪的位置，任馨戒慎恐懼地回頭，床上什麼也沒有。

忽然間，一個接近氣音的低沉聲音說：「凱，她在你的衣櫥內，爸媽和姊都看不見她，你回頭看看啊，她還在那。」

除了任凱，在場幾人都僵住身體，那聲音是從任凱的嘴裡發出的。他們什麼話都來不及說，任凱就又忽然發出淒厲的慘叫。

「啊啊啊——不要！不要啊！」

「小凱！小凱你怎麼了？」任媽喊著，想抓住全身扭個不停的任凱，任爸也過去幫忙。

「媽！他怎麼了啦！」任馨嚇得臉色發白。

「有東西在衣櫥裡，她還在裡面！」任凱尖叫著，父母極力說服他那裡沒有東西，要任凱親自看看，但任凱說什麼也不肯張開眼睛，不斷吼著叫著。

「有！有！還在裡面，他說還在裡面啊！」任凱大叫。

「誰說有東西在裡面？」任馨的聲音有些顫抖。

任凱往床鋪指，「他說的，任炎說的！」

那一瞬間，全部的人都明白了。

任炎並不存在，那是任凱所幻想出的朋友，同時，任炎也就是任凱自己。

「我們被他嚇壞了，現在回想起來，我還是心有餘悸。」任馨輕聲苦笑，「他時常在半夜尖叫，說天花板上有東西、床底下有東西，我們家到處充滿了所謂的『東西』，他會一邊尖叫，一邊用另一種陰陽怪氣的語調說話，就好像有兩個人格一樣。我父母帶他跑遍了各大廟宇，但收驚、服藥，請示神明等等，全都沒有效果。我記得某次帶他去一間非常非常靈驗的廟宇，廟方只說了『這個沒辦法』。」

小虎和封對視一眼。誰能治好瘟呢？連神明都不願干涉。

「然後有一天，我又聽見任凱在房裡說話，他與那個低沉的聲音對話著，雖然害怕，但我還是開了門，問他在幹什麼。他說任炎戴上了護身符，在那個時候，我竟然感到開心。」

「爲什麼開心？」封不解。

「因為這代表任炎不是鬼，任凱不是中邪了，而是精神方面出了問題。」任馨的眼中閃過一絲興奮，但很快又黯淡下來，「不過也只有那時候是這樣想，現在我知道任凱是貨眞價實的陰陽眼了。但我還是不覺得那時候的任炎是鬼，如果是鬼，不會到了現在他依然相信任炎存在。」

「那你們怎麼處理？從沒試著跟他講過實話？」封問。

「我爸有個朋友從事心理方面的研究，既然不是鬼，那也許是心理問題，所以我們決定帶任凱去研究中心。任凱在車上又用兩種語調說話，你們能想像那畫面有多詭異嗎？」任馨抱怨。

「大概可以。」封理解的點點頭。就像現在，任凱有時也會越過別人的肩膀看著空無一物的地方。

「總之，那時任凱一個人進去會談室，但對他來說，他是和任炎一起進去的。我爸有事先跟那位醫生提過任凱的情況，所以醫生一開始就把自己當成是在和兩個人對話，之後任凱出來，就換我們進去。」

「他認爲自己是雙胞胎，而他口中的任炎是弟弟，一般來說，我們將此稱之爲孩子的幻想朋友，百分之六十五的七歲以下孩子會發生這樣的情況。幻想朋友並沒有大人以爲的那麼糟，這可能是孩子內心的一種投射。」醫生拿下眼鏡，雙手在桌面上交疊。

「是這樣嗎？所以我的孩子並不是生病了？」任媽激動地問。

「這算是一種自然發生的現象，幻想朋友對孩子來說只是一個陪伴、玩耍的對象，任凱潛意識中也知道任炎並不存在，所以他只有在家裡才看得見任炎，只要他身邊有其他玩伴，例如在學校的時候，任炎就不會出現。」

「可是任凱會說奇怪的話！他會說一些很可怕的話！」任馨說，這讓父母和醫生的神情都略微黯淡下來。

「關於這一點……我也有些在意，我原本以爲他幻想出的朋友對他所說的話也都只是幻想，你們應該知道，有些孩子會因爲寂寞或是想引人注意而說些奇怪的話。但任凱剛剛說，任炎在草地那邊看見一些雙手被反綁並跪著的人。」

「他的確很常用其他語調說著……」任爸遲疑了下，「像是有鬼之類的。」

任媽和任馨都流露出一絲畏懼的神情，他們這些日子以來都快被任凱弄得精神衰弱了。

醫生拉開一個抽屜翻找，而後又起身來到後方的大書櫃前，取出一本厚重的泛黃書冊，走回來放在桌面上攤開。

「在這裡改建成醫院以前，草地那邊曾是處刑場。」

任家夫婦張大眼睛，任馨也差點叫出聲。從書冊上的照片可以看到一個個被矇著眼睛、雙手反綁並跪下的人，排成一列一列。

「所以當任凱這樣說時，我覺得不太對勁。」醫生將冊子闔上，「但也可能只是湊巧。」

任家夫婦接受了這是湊巧的說法，應該說他們希望事實就是這樣，但任馨明白不是。她的弟弟除了擁有幻想出來的朋友，本身也有古怪。

「我們該怎麼幫助他？」

醫生搖頭，「這不是什麼心理疾病，並非吃藥就會痊癒，想讓這種情況消失需要時間，也需要讓孩子多外出活動。比起拒絕，你們更應該試著接受，對『任炎』釋出善意與尊重，這樣對你們都好。」

要他們對一個看不見的東西釋出善意？

而且任凱還堅信任炎的存在，在這種情形下，他們要怎樣假裝沒事？

「也許你們可以先試著準備一個房間給任炎，這是讓任凱與他分開的第一步。」醫生思忖，「你們知道任凱是什麼時候開始有幻想的朋友嗎？」

任馨搖頭，當她注意到的時候，任凱已經很奇怪了。

而任家夫婦面面相覷，任媽不確定地說：「好像一開始……很小的時候他就會這樣，對著沒人的地方笑或是揮手，只是那時候我們都沒多想。」

醫生點頭，說出任凱剛剛說過的話，讓任家三人的臉色一陣青一陣白，「雖然離奇，不過我相信他所說的話，有些孩子會有小時候的殘存記憶，可能那一次的地震太大，導致他印象深刻。」

「那天我的確有衝到房間將他抱緊，但我確定床上沒有什麼雙胞胎弟弟，當時就只有我們兩個。」任媽激動地說，任爸拍拍她的背。

就在這時，待在外面走廊的任凱發出瘋狂的尖叫，幾人互看一眼，立刻拔腿衝到外面。只見任凱倒在地上抽搐著，他們全力壓制住他，可是任凱的力氣莫名的大，幾個大人合力還是壓不住。

醫生連忙對旁邊的護士揮手，對方拿來針筒，醫生接過後便往任凱的手腕注射。

「凱！快看啊！就在那邊，你快看啊，只要你願意，你就看得見啊！」

任凱的眼神已經渙散失焦，卻吊著眼睛，露出奇怪的笑容，壓低嗓音說話。

不久，任凱終於昏過去，而在場的人都目睹剛剛他那怪異的模樣，因此寒毛直豎。任馨哭了起來，任媽則抱住躺在地板上的任凱，抬頭看著醫生：「我的兒子爲什麼會這樣？」

「別問爲什麼，不管怎樣，都是我們的兒子。」任爸雖然無奈，但他依然深愛自己的孩子。

「我們聽了那個醫生的話，從此開始假裝任炎存在，我們會從任凱目光移動的方向，還有他切換成怪裡怪氣語調說話的時候，來猜想任炎在哪、在做什麼。這眞的很詭異，就像是跟一團空氣一起生活。」任馨嘆氣，攪拌著獅爺剛剛送上的紅茶，輕啜一口後眼神微微發亮，又再喝了一大口。

聽到這裡，封渾身輕微顫抖著，連牙關都在打顫，一旁的小虎拍拍她的肩膀。

「後來呢……任炎怎麼死的？」封開口。

「任凱說是跳樓。」

「我知道是跳樓，學長說過大概的情況，但你們看到的情形又是怎麼樣呢？」

任馨難得流露出溫柔的神情，「看來他很信任妳，什麼事都會告訴妳，我敢打賭這些事情連阿谷都不知道。」

封扯扯嘴角。任凱會這麼信任她，跟他們兩個的眞實身分有關，就好像她也會無條件相信任凱一樣，因爲兩極只有瘟、瘟也只有兩極。

不過封早在知道這一切之前，就無條件地信任並且依賴任凱了，雖然小虎說這是因爲任凱是瘟的關係，但她不願這樣想。

她還是覺得，這是因爲他是任凱，而不是因爲他是瘟。

「我們原本以爲可能等任凱年紀大一點，任炎就會消失，然而沒有，任炎依然存在，我們甚至得在用餐時間幫任炎準備碗筷。想當然，那些食物不會有人動，但在任凱眼中，任炎似乎有吃飯，滿滿的白飯在他眼中看起來卻是被任炎吃過了。」

任馨繼續說。

當任馨國一時，任凱雖然已經有很多朋友，也有參加學校的各項活動，可在家中依然會跟任炎說話。有時候看見任凱站在該是儲藏室的房間門前躊躇時，她都會忍不住出聲叫他，順道問問任炎是不是在房內。

她總是希望任凱會回應她「任炎是誰」或是「任炎走了」，但任凱每次都帶著愧疚的表情輕輕點頭。

任炎依然存在於那道門之後，即便她看不見。

有時候任馨不禁會懷疑，是不是真的有任炎這個人。

那天夜裡，任馨在朦朧間聽到說話聲，她倏地睜眼，放輕腳步走到牆邊附耳傾聽，任凱的房內好久沒傳來和任炎「對話」的聲音了。

她聽不清楚，只知道他的語調聽起來很急促，好像在和對方吵架，同時聽到翻動衣櫥的聲音。接著，任凱尖叫起來，任馨嚇了一跳，但是她聽得出來那並不是任凱的尖叫聲，而是「任炎」。

叫聲沒多久便停止了，任馨聽見走廊傳來開門的聲音，她立刻小心地打開房門，果然看見穿著睡衣的父母站在外頭，正要去任凱的房間。

「爸、媽，不要過去！」任馨用氣音說。

「但小凱在尖叫，他好久沒像這樣尖叫了……」任媽流著眼淚，急著想往任凱房間走，任馨趕緊拉住她，示意她降低音量並搖頭。

「那不是任凱的叫聲，是任炎。」

「任……」任媽摀住嘴，驚恐地看著任凱的房門。

「所以別過去。」任馨說完，轉身回房。

後來幾天，任炎似乎都沒有走出房間，一家人稍稍鬆了口氣，以為任炎就這樣消失了，後來才明白他們想得太天真了。

一日，任凱近乎崩潰的回到家中，因為他親眼見到朋友的死亡。

他把自己關在房內，不管他們好說歹說，他就是不肯開門。

「就讓他去吧，畢竟是朋友死了。」任馨勸著父母。這次任凱是為了現實中的朋友而難過，至少不是什麼異常的行為，所以她覺得不用太擔心。

不過很快，讓這一切改變的轉捩點到來了。

同天晚上，任凱突然在房內慘叫，聲音是他們目前為止聽過最淒厲、最可怕的。

任馨從床上跳起來，急忙衝出去，正巧和同樣衝出來的父母撞上，他們沒時間喊痛，馬上來到任凱房門口拍打著門，而任凱尖叫之後，任炎的聲音也響起了。

「凱！看著我啊！張開眼睛看著這個世界，看著我的世界啊！那女人依然在那裡，那麼清楚，你不可能沒看見！還有天花板上、床底下，他們無處不在，你該看見的，你應該要看見的！」

任炎的聲音清晰得讓人毛骨悚然，當聲音轉換回任凱的時候，可以聽見任凱依舊哭泣著，但轉爲任炎時卻只有憤怒。

「滾，任炎，你滾，滾出我的世界！」任凱忽然大吼，任馨和父母對看一眼，不自覺喜出望外。他們一直等待著的這一天終於到來了，任炎終於要消失了！

「凱！你需要我！」是任炎的聲音。

「不！我不需要你！」任凱說。

房內忽然一片寂靜，接著，任凱大喊「不」的聲音響起，匆忙的腳步聲緊隨。

「任炎……任炎、任炎！對不起、對不起，我不是故意的，我不是……」任凱開始低泣。

在門外的任馨和父母感受到陣陣涼意，下一刻，房裡的任凱再次尖聲驚叫，那聲音令人發寒，連他們都感覺恐懼。

「小凱！小凱！小凱快點開門！」任媽瘋了似的敲打門板，任爸也拚命撞門，但裡頭歇斯底里的尖叫聲蓋過了一切。

任馨嚇得哭起來，也一起用力敲著門，任凱在房內亂跑亂叫的聲音在夜裡聽起來分外恐怖。

「小凱！小凱你怎麼了！快打開門，打開這該死的鎖！」任爸從來沒這麼害怕過，他一邊呼喊，一邊更加用力地撞門。

任凱的驚恐叫聲沒有停歇，任馨雖然害怕，但還是注意到任炎的聲音不見了，聽見的全是任凱的叫聲。

「救命啊！不要——」

「不太對勁！爸、媽，不太對！」任馨喊著，而後，任凱的尖叫聲停止，他們也撞開了門，看見他昏倒在地上，窗外皎潔的月光亮得詭異。

他們將任凱送到醫院，不過任凱只要一清醒便發狂吼叫，醫生只好對他注射鎮定劑，然而被迫昏去再醒來後，他依然尖叫，於是就這樣清醒尖叫、注入鎮定劑、昏睡、再次清醒尖叫，不斷循環，讓所有人都身心俱疲。那是任馨這輩子最心力交瘁的時刻，更別說是她的父母，看著自己的兒子在病床上插著管子，奄奄一息，他們心裡都不好過。

期間，任凱小時候見過的那名醫生來過一趟，對於任凱現在的模樣既感到憐憫但又不意外。他認爲任凱是特別的孩子，卻不願承認那所謂的特別有多不合常理。

爲什麼任凱至今仍看得見該是小孩子才看得見的幻想朋友？

那眞的是幻想嗎？

還是說，是其他東西？其他可以讓任凱夜夜驚叫的東西？

任馨搖頭，不願多想。

她已經數不清任凱醒來幾次、尖叫幾次、被注射鎮定劑幾次了。

只記得最後一次，任凱睜開眼睛時異常平靜，明明看著他們，卻又不像是在看他們。

任凱說，任炎死了。

在這個瞬間，任馨幾乎聽見自己安心的吐氣聲，同時也看見父母眼神中的如釋重負。

可是她也注意到，當任凱察覺他們心裡所想時，眼神中的悲慟及輕蔑。對任凱來說，他是失去了一個雙胞胎弟弟，但是對他們全家人來說，是終於擺脫一個糾纏長達十二年的、不存在的兒子。

然而任炎的離去，並沒有把噩夢也帶走。

「爸、媽，任炎說的是眞的。」任凱的視線在病房內游移，既帶著恐懼，又流露出釋然，「那個世界眞的存在。」

「什麼世界？」他們不安地問。

「他眞的看得見鬼，因爲現在我也能看見了。」任凱舉起手，指著父母與任馨的背後，「他們就在那裡。」

任馨這一生之中，第一次覺得如此恐懼。

「以上，就是這樣。」任馨喝完杯子裡的紅茶，伸手招來獅爺，將杯子放到托盤上。「再一杯。」

獅爺盯著杯子看了一會兒，才將紅茶注入其中，又望了小虎一眼，小虎搖頭，而封也將自己的杯子遞過去，「我想喝伯爵奶茶，可以嗎？」

「……好的。」雖然有些無奈，但獅爺依然幫封倒了伯爵奶茶。

封感激地道謝，喝了一口後看著小虎，「所以說……任炎到底是學長自己幻想出來的，還是真實存在？」

「多半是瘟的化身。」

「化身？」

「瘟？」

封與任馨注意的重點不同。

「瘟是什麼東西？」任馨皺起眉頭，封想到她完全不清楚這些事，於是疑惑地看著小虎。難道已經打算讓任馨知道一切了？

小虎只是微笑，沒有理會任馨的問題，逕自說道：「那不是鬼，是任凱體內的瘟。我說過瘟是無形的東西，只會依附在人類的靈魂上，也就是說，任凱將瘟實體化了。」

「意思是說，任炎的死亡，代表瘟也死了？」

「不是，瘟依然存在於他的體內。」小虎手抵著下巴思考。

「喂，你們到底在說什麼，任凱怎麼了？」完全聽不懂的任馨老大不爽，「封葉，怎麼回事？」

「啊，就是說……」被點名的封緊張兮兮，求救的看著小虎。

「簡單來說，任凱被上古時代就存在的一種東西附身了，導致他有陰陽眼以及特殊能力。雖然妳不希望他與異世界靠得太近，但無可避免，他只會離正常世界越來越遠。」小虎微笑著簡單帶過，但光是這一點資訊就足以讓任馨大驚失色。

「那是什麼東西？任凱現在不是應該沒事了，那些不都解決了嗎？」

「獅爺。」看著驚愣莫名的任馨，小虎喚了獅爺，獅爺點頭後緩緩走入這片薄膜，坐到任馨身邊。

「你、你要做什麼？」高大的獅爺就算坐著也比嬌小的任馨高上許多，他面無表情的舉起幾乎有任馨整張臉大的手掌，覆蓋住她的面龐，「你幹什……」任馨才說到一半便暈倒了。

「怎麼了！你們弄暈她了？」封緊張地問。

「催眠。」獅爺淡淡回應。

「帶她回學校吧。」

接到命令的獅爺點頭，抱起任馨往外走，而小虎一彈指，周圍的薄膜消失。

「剛剛還沒說完，與其說任炎是瘟的化身，不如說是覺醒的化身。」

「覺醒？」封將注意力從店外正被獅爺放進汽車後座的任馨身上拉回來，看著小虎。

「任炎是瘟覺醒的化身，而任凱卻抗拒，最後任炎死了，使任凱被迫覺醒一小部分，也就是陰陽眼，但依然無法使用瘟所有的能力，因爲他扼殺了覺醒，在他心中的覺醒已經死了。」

「那學長不會再覺醒了嗎？」

「當然會，只是會更加困難，畢竟他抗拒過一次。也許任炎只是沉睡在他體內，只要他願意，還是有辦法覺醒。」

封一邊消化小虎的話，一邊喝著奶茶，「如果我用風逼迫他呢？」

「沒用的，只有他自己願意才行。」

「把實話告訴他呢？」

「也要他肯相信才行。」

「如果我跟他說的話，他會信的。」

小虎挑挑眉毛，「妳這麼信任他？」

「不是，是信任我自己在他心中的地位。」封說完後忽然臉紅，「我不是那個意思，因為我們的處境一樣，所以這種時候只能相信彼此……不過我也很相信你喔，我覺得……啊啊，我到底在講什麼啦。」

封手足無措的模樣讓小虎笑意更深了，他沒有說什麼，只是凝視著她，封乾笑幾聲，喝了一大口奶茶後嗆到，猛地咳嗽起來，小虎拍拍她的肩膀。

「我明白的。」

「嗯。」雖然覺得小虎話中有話，封還是決定不要繼續在這個話題上打轉。

「剛才獅爺做了什麼？催眠的意思是？」

「消除任馨的記憶。」

封瞪大眼睛，「消除記憶？是指剛剛的談話嗎？」

「沒錯，她不需要知道這麼多。」小虎的言下之意是，因為總有一天，任凱會離開。

「上次朱小妹也是這樣被消除記憶的對吧？」封學著獅爺剛才的動作，將手掌貼到小虎臉上。

「對，就是這樣。」小虎笑了起來。

「那這樣是會消除全部的記憶嗎？還是說跟朱小妹一樣，只是被消除某部分記憶？」朱小妹記得自己進了樹林，但不記得後面發生的異常事件。

「不，任馨連自己來過咖啡廳這件事都不會記得。」小虎起身，「走吧。」

「去哪？」

「不是要告訴任凱實話嗎？」

「現在嗎？」封有些錯愕。

「爲什麼這麼驚訝？」小虎疑惑地反問。

「不是啦，剛知道眞相就馬上告訴學長，好像……總之，我還沒做好心理準備，我覺得現在不是說的時候。」

「時機不對嗎？」小虎坐回沙發上。

「嗯，就算現在去跟他說，他也不會相信，要找個適合的時間告訴他才行。」

「那是什麼時候呢？」

封歪頭想了老半天，最後呆呆笑著：「我也不知道耶。」

「妳是兩極，就相信妳的直覺吧。」小虎說著，忽然從店內另一頭的玻璃窗看出去，雙眼瞇起轉爲褐色。

「怎麼了？」封察覺到不對，小虎伸手將她往沙發裡面推，用身體掩護住她。

當眼珠子轉爲褐色時，小虎五感的敏銳度會變成一般人的兩倍，可以看得更遠、聽得更清楚，但也會比較容易疲累。

此刻他正仔細搜尋著那道視線的來源，在他快要找到時，那視線卻倏地消失，快到他根本來不及追上。

小虎揉揉眼睛，轉過來看著臉色發白的封，眼珠已經變回黑色，「消失了。」

「有人在看嗎？還是妖怪或鬼？」

「不確定，但就算是人類，也不會是普通人。」小虎壓壓鼻梁兩側。他一開始以爲是九夜，可是又不太像，九夜一定會等到他看到她以後才離開。

「天啊，這樣我怎麼敢回家啊！」封哀號。

「妳現在跟妳父母之間還好嗎？」

「很好啊，就跟以前一樣……」封揚起笑容，但很快便轉爲苦笑，「怎麼可能跟以前一樣，不過就像你說的，我總有一天要離開，之前我一直不知道該怎麼辦，我怕他們會難過，而我又會因此心軟，可我要是留下來，他們就會遭遇危險。」

「妖怪也許會把目標轉向他們，但不需要擔心，九夜的防護措施做得不錯。」

「可是這又能維持多久呢？九夜不也想得到我們嗎？」封看著小虎，目光堅定，「不過就在剛剛，我想到另一個可行的方法了。」

「方法？」小虎挑眉，瞬間會意，「妳確定？」

「對，我覺得這是最好的方法，可以嗎？獅爺能幫我嗎？」

小虎沉思了一下，「能。」

第六章

他四處遊蕩、晃蕩著，覺得自己的身體很輕。

在逃離以前，他從沒想過處境會變成現在這樣。

該說她是傻，還是笨？

不過無所謂，反正她越傻、越笨，他就能得到越多好處。

男人站在咖啡廳外，看著坐在裡面的女孩。爲什麼封葉身邊不是任凱，而是沒見過的少年呢？

「她不是普通的女孩。」一旁的她說。

「我認識她時，她是。」男人瞇眼。

「她打從一開始就不是，只是你不知道。」她順著男人的視線看去，見到白髮少年倏然回過頭，「他更不是普通人。我們該走了。」

「呿。」男人啐了聲，迅速往附近的小巷子鑽去，讓建築物擋住自己的身形。

總有一天他會報仇，他要封葉付出代價，當然還有任凱。

他身邊的女子抓住他，兩人瞬間消失在轉角，讓小虎來不及追蹤。

他們身處一片扭曲的時空，她將這裡稱作「鬼道」。

「鬼道？那我走在這不會有事嗎？」男人看著腳底的虛無，裹足不前。

方雅君冷冷一笑，「老師呀，你殺了這麼多人，早就離人類很遠了。」

「離人類很遠？不都是因爲妳的糾纏嗎？」羅秉佑吊著目光，看著前方腳未落地，身形有些透明的方雅君。

要不是方雅君跟著他、追著他，他現在哪會這麼狼狽？大概早就潛逃出境了。他曾接到凌然的消息，她說她和顏綺夢已經前往一座南方小島，不會再回來。

「就算哪天你被警察抓到了，也絕不能供出我，知道嗎？」凌然在電話那頭寒著聲音，態度就和以前面對他時一樣冰冷。

「溫柔親切的凌老師去哪了啊？」羅秉佑挖苦她。

「……你明知道那不存在。況且，你想殺綺夢這件事情我跟你沒完，你不會希望再遇見我的。」

羅秉佑看著飄在前方空中，滿臉怒容的方雅君，嘴角勾起微笑，「不，是妳不會想再遇見我。」

「很想見她，是嗎？」方雅君的鬼魂和過去那恐怖的模樣已經截然不同，她的雙眼不再是藍色，而是漂亮的褐色，臉龐也是十七歲女高中生的青澀模樣，但眼神卻深沉得可怕。

「怎麼會呢？我有妳就足夠了。」羅秉佑說，極盡所能裝出深愛她的樣子，「如果可以碰觸到妳就好了。」

「別以為我不知道你在打什麼主意，我不會原諒你的，只是暫時還不殺你。」方雅君冷聲說，羅秉佑忍不住碎碎念，卻不敢造次。

他倆走在鬼道上，途中沒遇到任何孤魂野鬼，因為死於謀殺的方雅君戾氣過重，一般的靈體承受不了，都紛紛避開；而羅秉佑身上背負太多人命，殺戮之氣也令鬼魅無法靠近。

這一對兇手與被害人，因為扭曲的愛而湊在一起，所形成的屏障異常強大。

「我要任凱和封葉不得好死……」羅秉佑低喃，跟在方雅君身後。

方雅君輕瞥一眼，「別不自量力了，他們兩個你根本沒能耐動。」

她當時被怨恨和嫉妒沖昏頭，也曾無謀地去攻擊兩極，好幾次都差點魂飛魄散。這種靈魂被傷害的痛苦，遠比當時被羅秉佑殺害還要痛上好幾倍。

周遭的霧氣逐漸散去，他們已經回到羅秉佑的家中。這裡暫時被警方封鎖了，誰料想得到，遭到通緝又被限制出境的羅秉佑，竟能每天大搖大擺地回到這個家？鬼道扭曲了空間，讓他們可以從A點快速移動到B點，但要是一般人類不小心闖入鬼道，要麼被嚇瘋、要麼被附身，總之不會有好事。

羅秉佑坐到沙發上，方雅君在屋內飄進飄出，過了一會來到他身邊。「屋內很安全。」

「嗯。」羅秉佑閉上眼睛，側身躺下。

方雅君靜靜看著睡著的他，不久，後方的空氣扭曲，出現一個黑色空間，裡面走出一個提著燈籠的和服女人。

方雅君回頭望著女人，身體微微發抖。妖和鬼完全是不同等級，眼前的鬼女地位尊貴又強大，她區區厲鬼無法與之爲敵。

「紅葉小姐要見妳。」阿滿毫不客氣，說完後便轉身走回妖道。

方雅君起身，本來鬼魅進入妖道是不成體統的，但這次是紅葉欽點她過去，因此即使所有妖怪都蠢蠢欲動，也只能在漆黑的空間中發出難耐的聲音。

好想吃掉厲鬼……趁她還沒化成魔之前……

啊啊，要是化成魔之後被紅葉小姐收服了，那鬼女的勢力又要壯大了……

她們可以搶奪兩極，背叛零派，將零派毀滅……

「大膽！誰再亂說話，就將你大卸八塊！」阿滿厲聲斥責，躲在黑暗中的妖怪們才不再騷動。

鬼女一族一直想找機會反攻零派，妖怪被人類奴役是天大的笑話，況且還是尊貴的鬼女一族。要不是幾百年前零派奪得兩極，並生了個嬰孩壯大力量，人類也不可能是鬼女的對手。

前些日子鬼女難得有個大好機會可以搶先奪得這一世的兩極，卻沒料到般若行事太過魯莽，讓她們只能眼睜睜看著到手的兩極被小虎給帶走。

紅葉因此發了很大的脾氣，鬼女之村那一晚相當不安寧。

但如今……

阿滿斜眼看向跟在身後的方雅君。這名厲鬼太年輕，但資質很好，擁有足夠的怨恨，若善加利用，鬼女一族還是有翻身的機會。

「就是這裡了，進去吧。」阿滿側身，黑暗之中忽然出現一道和室拉門，微微的橘色光芒從門後透出。

方雅君嚥了嚥口水，緩緩飄向拉門，拉門倏地向兩側打開，一名穿著山茶花圖案豔紅和服的白皙女人正坐在棋盤前，不過並沒有人與她下棋。

女人妖魅無比，殷紅的雙唇緩緩張開，聲音似乎能蠱惑人心。

「如何？」

「沒有被發現。」方雅君飄飄然的，神智恍惚。

紅葉輕輕一笑，站起來婀娜地走向一旁的坐墊，優雅地坐下。

方雅君第一次見到紅葉，是在跟著羅秉佑離開的那個晚上。那時羅秉佑被她嚇得魂不附體，在草叢裡暈倒，方雅君既無奈又高興，因爲經過這麼多年以後，她終於可以眞正獨占這個殺了自己的男人了。

然而，此時她的周遭忽然出現許多翩翩彩蝶，一點流露出妖異光芒的橘紅在其中浮現。她提高警覺，不遠處的樹蔭下空間扭曲，提著燈籠的阿滿走出。

方雅君立刻瞪大眼睛，衝上前就要攻擊這來路不明的妖怪，但阿滿僅是輕輕揮了揮衣袖，她便被打飛到一百公尺外。

「哎呀，年輕的鬼魂，別衝動呀。」帶著愉快笑意的紅葉從阿滿身後走出來，那強大的妖氣讓差點方雅君承受不住。

就算不知道對方來歷爲何，方雅君這個厲鬼也很清楚，眼前的兩名女子是惹不起的強大妖怪。

她默默飄回昏倒的羅秉佑前方。

「妳還想保護這個男人呀？」紅葉挑眉。「罷了，妳應該明白我們不是無緣無故前來。」

「有什麼事情？」方雅君瞇著眼。

紅葉用扇子半掩住自己的朱唇，露出勾人微笑，看了眼阿滿，阿滿點點頭後往前走出一步。「我們要妳當我們的棋子。」

「憑什麼？」方雅君更加戒備，散發出強烈的戾氣。

「憑我可以在須臾之間取走你們倆的性命。」紅葉微笑著，卻不是在開玩笑。

「……什麼棋子？」方雅君知道自己沒有其他選擇。

「跟著兩極與瘟。我們不奢求妳將兩極帶到我們這兒，只要稍稍擾亂虎與瘟的注意力就好，我們會找機會帶走兩極。」阿滿說。

「我們不是兩極與瘟的對手！更別說虎！」方雅君尖叫，奪回神智後的她清醒得很，一點也不想再經歷靈魂被撕裂的痛。

「妳不用親自出馬，只需要利用他。」阿滿瞥向倒在草地上的羅秉佑。「虎與瘟只會注意非人生物的動靜，不會想到還有其他人類也想對付他們，就算想到了，也不會懷疑到我們頭上，畢竟這男人有動機傷害兩極與瘟。」

「妳只需要煽動他，讓他主動去攻擊瘟。」紅葉纖長的手指在空中虛畫，一隻五色彩蝶出現在她的手心。「當然，我會給妳應有的酬勞。」

方雅君盯著那隻彩蝶，她感受得到彩蝶裡蘊含的力量。

「這裡面是妖的能力，加上妳本身是厲鬼，結合起來能使妳成魔，屆時可能連我們都將不是妳的對手。」說完後，紅葉輕笑幾聲，彩蝶消失在她的手心，「但這是在我們得到兩極後才會給妳的。」

方雅君咬著下唇，她和黎筱雨等人不一樣，無法輕易放下執念離開人世。她看了看羅秉佑，她也還想和他多相處一些時間，即便羅秉佑根本從沒愛過她。

「我只能答應，不是嗎？」方雅君冷笑。

「聰明的女孩。」紅葉滿意地笑了，「等需要妳的時候，我們會來找妳。」

阿滿與紅葉消失在妖道之中，而後，方雅君恢復成生前的模樣，這讓羅秉佑不再那麼害怕。在一起的日子多了以後，羅秉佑甚至重拾以往的虛僞，爲了活下去、爲了讓方雅君保護自己，他謊稱還愛著她。他以爲方雅君還是那個十七歲的單純女孩，會因爲幾句甜言蜜語而甘願付出。

然而爲了成魔、爲了不死、爲了和不愛自己的男人相處更多時間，方雅君其實早已和鬼女做了交易，這些羅秉佑並不知道。

她和羅秉佑到處遊蕩了很長一段時間，長到她都要懷疑那天和鬼女的接觸只是自己的幻想，但是今晚，阿滿出現了。

紅葉依舊美豔得令人感到戰慄，她輕啜一口茶，開口問：「妖界的事情，鬼界知道了多少呢？」

「我算是居無定所，沒有熟識的鬼朋友，不過還是知道般若和貘的事情。」

紅葉輕笑，「沒錯，差點就用不著妳了，讓妳白高興一場，眞是不好意思。」

方雅君不否認，當她得知兩極本來差一點就要落入鬼女手中時，的確大感可惜。她雖然想成魔，卻更不想被利用。

「所以此刻，該你們出馬了。」

「我聽說瘟能使鬼，難道妳們沒想過我可能會被他控制？」

「這點我考慮過，所以才要妳煽動那男人就好，不過現在我有個挺介意的地方。瘟明明有很多機會可以控制鬼，卻從來沒有展現能力，但要說還沒覺醒也說不過去……」紅葉輕皺起眉頭，接著揚起笑容，「所以，我想讓妳做個實驗。」

「難道是要我刻意去攻擊兩極？」方雅君嘲諷地笑了，但紅葉露出讚賞的表情，這讓她瞪大眼睛，「要是兩極沒控制好力量，將我殺了怎麼辦？」

「這也沒辦法，我現在還無法把當初答應妳的能力給妳，否則虎會嗅到妳身上有鬼女的味道。」紅葉無辜地垂下目光，「所以妳自己想想辦法吧，不然在兩極殺了妳之前，我可以先殺了妳喔。」

方雅君握緊雙拳。無論是在人類世界還是非人生物的世界，階級差異都同樣存在，只要能力夠強，就可以處於上位，或是背叛上位者奪取權力。

現在，也許她還是微不足道的厲鬼，但若她能成魔，就算無法報復鬼女一族，也能成為鬼界中的上位者。

「我明白了。」想到此處，方雅君起身，和室拉門也在同一時間打開，阿滿就站在外面。

紅葉走回棋盤前，繼續下著沒有對手的棋。

陽光從窗戶照射進來，刺痛了羅秉佑的眼睛，耳邊傳來男人的說話聲，他從沙發上撐起身，見到方雅君一點也不畏懼陽光，就站在窗邊，任由光線穿過她那透明的身體。

她前方的電視螢幕正播放著新聞，羅秉佑的照片被大大地展示出來，男主播鉅細靡遺地敘述他的所作所爲，最後還訪問了任凱。

「羅秉佑眞的很噁心，愛不到人就殺了對方，還聽從女人的命令，眞是可悲。」任凱輕蔑地笑著，跟在學校時一模一樣，讓羅秉佑看得額冒青筋。他從以前就討厭這個學生，他的所有僞裝在這個孩子面前好像都不管用。

「我要殺了他！」羅秉佑站起來怒吼，轉向方雅君，「妳會幫我，對吧？」

方雅君輕輕點頭，打開了鬼道，羅秉佑立刻往裡走去，不斷說著要殺了任凱，而方雅君看了眼根本沒插上插頭的電視，嘴角揚起一抹笑。

「今天喬子宥沒來嗎？」講臺上的孫娜看著喬子宥空著的位子。

「她請假好幾天了。」班長回答。

封低頭扭著手指，班上的同學們議論紛紛。四人之中如今只剩下封還在這裡，林沛亞死了、李佳惠昏迷不醒，而喬子宥上禮拜雖然有到校，但精神很不好，如今甚至變成拒絕上學。

下課時，任凱出現在教室外，喊了聲花栗鼠，封立刻小跑出去。孫娜的CP夢碎事小，不過封卻因此被流言中傷。

有人說封的朋友們一個接一個發生事情，她還只顧跟學長玩樂。

「無聊的流言。」阿谷冷笑。

「你今天沒有蹺課呢。」封訝異地說。

「我偶爾也是會留在學校好嗎？只要沒鬼的話。」阿谷瞪了封一眼。

「那很難吧，對不對學長？我覺得現在肯定就有……」封的話還沒說完，馬上就被阿谷賞了一記鐵拳。

「閉嘴！小瘋子！」

「好痛！」此刻封眞想用風將阿谷捲上天，直到阿谷道歉求饒再放他下來，不過她很快就注意到阿谷手腕上的瘀青。「阿谷，你怎麼了？」

「什麼？」

「這個呀。」封指著那些瘀青，發現沿著手臂往上還有更多的瘀青，「這是怎麼回事？」

「靠，什麼時候變這麼多的？」阿谷也嚇了一跳。

「學長，你看阿谷的手！」封立刻喊了從剛才開始就一直待在女兒牆邊發呆的任凱。

任凱走過來，看見那些瘀青後皺起眉，「早上還沒有的不是嗎？」

「我也沒撞到東西啊，靠北，這是不是有點像手印？」阿谷不禁發抖，他又想蹺課去廟裡了。

封退到任凱後面，右手藏在自己背後畫了個圈，掌心瞬間冒出小小的治癒旋風吹向阿谷。那風相當輕微，完美地融合在自然風之中，但瘀青沒有消失。

而任凱則看著站在頂樓門邊的任炎，他的雙胞胎弟弟臉上掛著淺淺的笑容。

看來阿谷身上的傷是任炎造成的，但這又是爲什麼？任炎是想傷害他的朋友嗎？任凱百思不得其解。

「花栗鼠，妳把風吹向門邊。」任凱回頭壓低聲音指示，「傷害鬼魂的那種風，不是用來殺鬼的。」

「爲什麼？那邊有東西嗎？」封雖然不解，還是依言揚起風迅速往門邊吹去。

然而任炎只是揚起驕傲的笑容，看著任凱。見那陣風無法傷害他，任凱微微睁大眼睛。封的風居然傷害不了任炎，這怎麼可能！

「欸，你們兩個在幹什麼？」阿谷不安地問，他本來就知道任凱和常人不太一樣，最近也逐漸感覺到封葉跟一般人不同。

「沒什麼。」任凱言不由衷，「我有些事情要跟花栗鼠商量，不是你會想聽的內容。」

「哇靠，那我要閃了。」阿谷立刻走到頂樓門邊，猶豫了一下後又問：「我這些瘀青到底有沒有問題？」

任炎這時就在阿谷身邊，露出難以解讀的微笑後便消失。

「沒有問題吧。」任凱不確定地回應。

「謝謝你這個超級令人不安心的回答。」阿谷眼神死，離開了頂樓。

封趕緊揚起一陣風，追隨著阿谷而去。

「那是什麼？」

「我第一次用，不知道能撐多久，是可以暫時保護他不受異界干擾的屏障。」

封聳聳肩，任凱有些訝異封已經能如此熟練地操控風。

頂樓只剩下他們兩人，封有些緊張地看著任凱的側臉，覺得他和以往相比有很大的不同，好像在一夕之間成熟了不少，這讓她突然不知道該怎麼和任凱說話。

「花栗鼠……阿谷身上的傷，是任炎弄的。」

「怎麼可能！」封立刻反駁，接收到任凱疑惑的目光後又趕緊摀住嘴，「我是說……任炎不是已經死了……」

「但我看見他了，剛才他就站在門那裡，妳的風傷害不了他。」

封這才知道任凱要她使風的原因，可是她的風當然傷害不了任炎，因爲任炎並不存在。

封已經忍不住了，她不想要跟任凱的家人一樣只是默默接受他的幻想，因爲任凱必須面對現實，面對自己內心的瘟。

「學長，我的風能傷害任何鬼魅，卻傷害不了任炎，這代表什麼你不知道嗎？」封抓住任凱的手腕。

「妳在說什麼？」任凱虛弱一笑。

「我是說……」封嚥了嚥口水，「任炎並不存在。」

任凱神色一凜，「連妳也不相信我說的話嗎？」

「我當然相信，就是因爲相信，所以才這樣對你說。我相信你是眞的看到了任炎，但任炎也眞的不存在！」封將抓著任凱的手握得更緊，「相信我！」

「妳看不見我眼中的世界，要我相信妳？」任凱扯下封的手，覺得很失望。

「學長，任炎是你覺醒的化身，你抗拒了覺醒！」封再次拉回任凱的手，她不能在這個時候退縮。

「這是小虎說的嗎？」

「這……」

「我不相信那個人。」任凱冷眼看著封，「妳相信他，卻不相信我？」

「任炎沒有被我的風所傷害，任馨姊和你父母從來都沒跟任炎說話或對上眼過，任炎沒有朋友，只在家裡出現，這一切都是蛛絲馬跡！學長，你張開眼睛看清楚，你仔細回想就能知道任炎不存在，他是你幻想出來的，他是覺醒的象徵！」

「封葉！夠了，不要再說了！」任凱推開封，「不要再告訴我任炎不存在，他存在！」

「他存在沒錯，但只存在於你的心裡，如果能接受任炎是覺醒的化身，學長，你也就能覺醒了！」

任凱不想再聽下去，逕自往頂樓的門跑去，封趕緊想揚起讓他冷靜下來的風追上，但一簇彼岸花花蕊倏地射到她的腳邊，她轉頭一看，九夜就站在女兒牆那裡。

「九夜！爲什麼要阻止……」

「不要強迫瘟覺醒，給他時間。」九夜跳下女兒牆，縱使烈日當頭，她依舊一身黑色皮衣皮褲，臉上的墨鏡襯得她本就蒼白的臉更顯慘白。

自從封從父母那裡得知關於九夜的事情之後，這還是她第一次見到九夜，許多疑問都梗在喉頭。

「妳到底是誰？」千言萬語，不過化爲這一句。

「我？彼岸花派的九夜，這妳已知曉。」九夜彈指，地上的花蕊針消失。

「我不是問這個，妳……是我的誰？」

對上封純眞的眼神，九夜彷彿回到了好幾百年前。就算沒有了記憶，眼前的兩極也是一樣的靈魂。

「我不會是妳的敵人。」她克制住自己的情緒，幾百年了，她早就失去身爲人類的情感，留下的只有信念。「我爭奪兩極，不是爲了殺妳。」

「爲什麼從瓦礫堆中救出我？爲什麼把我送到爸媽那裡？就算知道了兩極與瘟的事情，但我還有很多事情不知道，到底我們眞正的敵人是誰……」

「妳覺得誰是妳的敵人，誰就是妳的敵人。」九夜跳回女兒牆上，「順從妳心底的聲音。」說完，她往下一躍。

封趕緊跑到牆邊朝下看去，卻沒看見九夜的身影。

「什麼時候我身邊的怪人比正常人還多了？」封忍不住自嘲，她和任凱都離現實世界越來越遠了。

順從自己的心嗎？

封相信小虎，就算他是零派的人，她還是無條件地相信他，可是任凱卻不信任小虎。而大家都說彼岸花派系很神祕，九夜是壞人，小虎也要她別接近九夜，可是封也相信九夜是好人。

如果要順從自己的心，那她選擇相信小虎跟九夜。不管他們的立場是不是敵對，她仍舊願意無條件地付出信任。

第七章

她沒有想到自己會再次被那對純眞的雙眼注視。

「妳是我的誰？」

「停車。」九夜說了聲，司機隨即將車停在路邊，她打開車門，「你先回去吧，我晚點才回去。」

司機點頭，他對自己所服侍的主人並不了解，只知道自己的家族世世代代爲這個女人做事，也就是開車。

他們很早就學會不過問任何事情，只是安靜地駕駛著車子，不要多問、不要多看，這樣九夜就會保護他們。

所以，他們也不會傻到去問，爲什麼九夜從來不會老。

黑色車子駛離之後，九夜轉身走向樹林。她的步伐越來越快，最後在樹林中的樹木間跳躍著，她無法抑制內心的澎湃。

她見過好幾次兩極，每一次兩極都會問她是誰，但這是第一次有兩極問她：

「妳是我的誰？」

九夜停在一棵樹的頂端，看著天空中的上弦月。前陣子因爲兩極之力，月圓的情況幾乎持續了半個月，在人類世界裡引起不小恐慌。那時地震、水災不斷，人們個個燒香拜佛，末日之說甚囂塵上。

九夜閉上眼睛，感受著夜風的吹拂，唯有當風圍繞著她的時候，她才覺得自己找回了一點點人性，這會讓她想到她可憐的妹妹——風夜。

那是個妖怪存在於你我身邊的時代，人們相信自然界存在著各種不同的生物，大家和平共處，彼此尊重不互相侵犯。

「九夜，妳瞧瞧。」女孩的臉上有一條疤痕，看上去不過十來歲，然而卻比名喚九夜的姊姊還要成熟。

在那個荒蕪的時代，想吃飽是件奢侈的事情，但對這對姊妹來說並不算困難。九夜因爲爬到樹上摘水果而摔傷了膝蓋，正心情不太好的坐在樹下看著流血的傷口，風夜見了，瞇眼微笑著伸出食指，被她指著的泥土地上的落葉旋轉兩圈，隨著她的手指動作揚起，一道小旋風出現。

「妳眞厲害。」九夜的嘴角浮現一絲微笑，風夜的食指伸到她的膝蓋上方，帶著落葉的旋風落下，治癒了她的傷。

「還痛嗎？」風夜笑看著她那白皙無瑕的膝蓋。

「不痛了，妳總是有神奇的力量！」九夜笑著抱住風夜。

她們一個出生在父親離家打獵的第九個夜晚，故名九夜；另一個出生在颱風之夜，故名風夜。

風夜誕生的那個晚上，她們的母親因爲生產引發的血崩而死亡，全身染著母親鮮血的風夜成了被遺留下的寶物。

幾天後，兩人的父親也因打獵意外身亡，從此九夜身兼父母二職，努力拉拔風夜長大。

她很快就發現風夜的與眾不同，例如很早就學會怎麼站立，還沒滿一歲就會說話，而且時常會笑。

九夜記得很清楚，那年風夜才五歲，有天她們一起翻過一座山頭，卻因爲大雨導致視線模糊，讓九夜滑了一跤，摔下山谷。

當時九夜心想死定了，她若喪命，誰來照顧風夜呢？

但風夜大喊著她的名字，接著，一陣強勁的風阻止了她的墜落，將她送回原本的地方。

她一時無法理解是怎麼回事，只是任由風夜緊緊抱著她哇哇哭著。

「兩極，是兩極……」

大雨之中的山林間，迴盪著這樣的低語。

九夜四處張望，卻沒找到聲音的來源，但周圍的確傳來竊竊私語聲，這讓她不安起來。

山裡可能有精怪，不宜久留，她趕緊抱起風夜，在大雨中狂奔起來。

從那天起，九夜便發現了風夜的力量，她的妹妹能憑空製造出風，而那些風有各種不同的神奇力量，有時微小得像是用羽毛搔癢般，有時卻又強烈得能將人捲起。

她們當時年紀太輕，也不知道關於兩極的任何事，兩個女孩圖的只是溫飽，所以她們在一處市集中表演起這樣的能力。

市集裡的人見了覺得神奇，便掏錢打賞，於是姊妹倆在附近定居下來，藉由風夜的力量蓋了間簡單的木屋，過得好不愜意。

然而，這樣的行爲卻引來了想爭奪兩極的各界生物。

很快，她們身邊開始出現異常，總是有人跟著她們，有時夜晚還會在轉角看見白色影子，九夜更是確定有一次她看見有個頭大得不成比例的女人潛伏在河中。

她們的目標都是風夜，嘴裡往往喊著「讓我吃掉妳」或是「妖族的地位終於能有所改變」之類的話。

而風夜每每都會使出強大的風，不管靠近她的那些東西是什麼，碰上那陣風都會發出淒厲的尖叫聲，身體像是燃燒了起來，接著逃走或消失。

「風夜，那是什麼樣的風？」九夜每每都顫抖著問。

「我不知道，但能傷害他們就好。」風夜一臉天真。

那些妖怪，或是鬼魂，還是壞人們，不管他們是什麼東西，想要對風夜不利是事實，但是理所當然傷害對方的風夜讓九夜覺得陌生。

後來，她好幾次看見風夜蹲在河邊，像是在練習如何操控風一樣，對付一些小小精怪。

當那些精怪被風夜的風消滅掉，風夜便會勾起冷酷的微笑，滿意地看著自己的練習成果，但轉頭看見九夜時，又會表現出天眞無邪的樣子。

慢慢的，九夜開始有些害怕自己的妹妹。爲什麼她能以純眞的模樣殺傷那些沒有侵擾她們的妖怪？

妖怪是自然的產物，有好有壞，可是風夜不會分辨，她誰都傷害。

「姑娘，請留步。」九夜被一名在前方化緣的和尚叫住。

她東張西望，四下無人，和尚顯然不可能是在喊別人。她不打算搭理，然而和尚卻起身擋住她的去路。

「請聽老衲幾句話。」和尚神情憂心，「您身上環繞著一股黑氣，最近是否遇到不尋常之事？」

九夜心一驚，「您怎麼知道？」

「老衲不會看錯，看樣子問題是出在妳妹妹身上。」

這讓九夜更是訝異，立刻信了眼前這陌生的和尚，「風夜最近眞的……我都快認不得她了。」

「您的妹妹出生之時，母親是否便死亡了呢？」

「這您也知道？」九夜立刻跪下來，求著眼前的和尚，「請幫幫我妹妹，她發生什麼事情了嗎？」

「您的妹妹踏著母親的血出生，是爲鬼子，這是身爲鬼子的詛咒，隨著年紀增長，她只會越來越邪惡，最後自取滅亡。」

「那、那我該怎麼做，才可以讓風夜擺脫詛咒？」

「要在月圓之夜將她帶到山中，請求山神和精怪藉由月圓之力吸取妳妹妹的力量，這樣就能使她復原。」

彷彿看見希望一般，九夜欣喜地瞪大眼睛，「您的意思是說，那些力量會全部消失嗎？」

和尚笑了笑，「是呀，回到人類該有的樣子。」

九夜再三謝過他，立刻跑回家了。

而和尚看著她的身影，揚起微笑，身後倏地冒出九條白色尾巴。

當天晚上，九夜硬拉著風夜出門，她背著半路就睡著的風夜來到山上，頭頂上的月亮已經升到夜空正中，又圓又大。

就是今晚了，風夜就要變回正常人了。

九夜心中全是姊妹倆往後幸福地一起生活的畫面，忽略了山林裡比平時還要晦暗的異狀，也沒意識到空氣壓迫得令人難以呼吸。

沉睡著的風夜被她放置在一個山洞前，站在這裡可以俯瞰整座小鎮的全貌。她跪在風夜身邊，雙手合十對天上的月亮祈禱。

「請山神、山中精怪們吸取我妹妹的力量，讓她恢復成人類吧！」說完，九夜看見山洞裡走出一隻巨大的狐狸，她忽然無法動彈，而狐狸身後出現了九條尾巴。

「妳真的來了！」狐狸興奮地說，口水沿著尖牙流下。

九夜發覺情況不對，趕緊要搖醒風夜，但四周的黑暗裡跳出好幾隻小小的人形生物，他們分別抓住九夜的手腳，讓她無法動彈。

「風……」九夜大叫，馬上被一條蛇封住了嘴巴，只能發出嗚嗚的聲音。

山林中的黑影蠢蠢欲動，她這時才發現那些是成千上萬的妖怪，他們在黑暗之中等待，顯得欣喜若狂。

她究竟做了什麼？她明明是要拯救風夜，怎麼現在會被妖怪包圍？

風夜睡得香甜，而九尾狐的大嘴已在她面前。

「九尾狐大人，別忘了分一點給我們這些小妖怪呀……」攀住九夜的小人們畢恭畢敬地說。

「我不會忘記我們之間的交易。」九尾狐語畢，張開大口，趁著兩極還沒甦醒前咬下她的頭。

一切都在瞬間發生，九夜發出無聲的尖叫，淚水爬滿她的臉，而山裡的妖怪們狂喜著，整片大地都在騷動。

風夜頸部以上猛地噴出血來，九尾狐美麗的白毛上沾染了一些，嘴邊更是一片鮮紅，九夜清楚看見風夜的頭就這樣被吞下肚。

忽然間，九尾狐發出光芒，牠的尾巴變得更加蓬鬆、有光澤，九夜感受到牠身上傳來了壓迫感。

「換你們了。」九尾狐滿意地說，感受到力量源源不絕湧出，但牠明白自己能承受的極限到哪裡，雖然將兩極的肉分給其他妖怪很可惜，但牠只要吃到最大的那部分就可以了，否則全部吃下肚的話，牠可能會因爲承受不了過於龐大的力量而炸裂。

各方妖怪聽見九尾狐的話，立刻往風夜那裡衝去，所有妖怪大啖兩極，撕裂肉片的聲音響起，那些妖怪滿臉鮮血，手裡拿著風夜的肉塊。

九夜幾乎要崩潰，她伏在地上大哭，月光照亮了眼前的人間煉獄，而九尾狐化爲早上見過的那個和尚，對她行了個禮。

「謝謝妳，我該做些什麼回報妳呢？」

「是你……是你騙了我！你騙了我！」九夜哭喊，她居然被妖怪所騙，將風夜帶到這裡，讓所有妖怪分食！

「帶她過來的人是妳。」和尚說著，從懷中掏出一小塊肉片。「有件事情我挺好奇的，以往若奪走兩極的是人類，他們通常都會選擇讓兩極生下孩子，那如果人類吃了兩極的肉會如何呢？」

「你別想……」九夜奮力搖頭，血腥味及妖怪們咀嚼的聲音令她快要昏過去，但和尚強硬地將肉塞到她嘴裡。

腥臭的血味在九夜口中擴散，可是那肉吃起來竟香甜無比。九夜覺得噁心，想要吐掉，卻怎樣也無法吐出，和尚帶著玩味的笑容看著她，被九尾狐的妖力控制住的九夜無法動彈，屬於風夜的肉片就這樣進了她的腹中。

「我會觀察妳的變化。」九尾狐滿意地笑。

那一晚，那一幕堪稱人間煉獄的悲劇深深烙印在九夜眼底，做出錯誤決定的悔恨如影隨形地跟著她。沒人告訴她兩極是什麼，沒人跟她說爲什麼妖怪的目標是風夜，還有——爲什麼她會變得這麼奇怪。

她的身體變得輕盈，可以輕易跳得很高、跑得很快，有時候九夜覺得自己甚至就快要飛起來。而她受了傷之後，更可以在短時間內自行痊癒。

九尾狐訝異於這樣的轉變，「原來人類吃了兩極會成為半妖呀。」

「我不再是人類了？」

「看起來是這樣。」九尾狐甩動著尾巴，牠已經成為最強的妖怪。

九夜忽然衝向九尾狐，她要讓這個害死風夜的兇手付出代價。

「啊——」

九尾狐只是甩了甩尾巴，便輕易地將九夜打到一邊，撞上岩壁的她吐出鮮血，斷掉的脊椎立刻接回。她再次衝向九尾狐，但對方依舊輕易將她打飛。

「別白費力氣了，小小半妖要怎麼傷害我？」九尾狐打了個哈欠，「要怪就怪妳自己吧，人類總是喜歡將自己犯的錯誤推給別人呢。」

九夜不肯放棄，她連續好幾天來到山洞，只為了殺九尾狐，而九尾狐最後實在不耐煩，用力咬了九夜的身體，讓她幾乎要斷成兩截。

「這是我最後的容忍，妳再回來的話，我就會殺了妳。」接著，牠將九夜往山洞外甩去。

九夜一路墜落至山谷底部，摔得血肉模糊，她感受到疼痛，卻又覺得體內有什麼東西正在修復。她躺在草地上，覺得無比疲累，她的身體依舊慢慢地復原著。

這樣都還死不了的話，要怎麼樣才能死？她要什麼時候才可以去見父母和風夜？她想著，打算再次回到山洞，讓九尾狐殺了自己。

「沒想到這一次被九尾狐吃掉了……」

在意識模糊之際，九夜突然聽見了男人說話的聲音。

她睜開眼睛，看見前方大樹底下坐著兩個男人，其中一個留著長髮、身穿黑色長褂的男人皺著眉頭。

「意料之外。」另一個看起來年紀較長的男人說。

「也罷，只能等待下一次的兩極了。」黑衣男說，聳聳肩後站起身。

「零，所以就不管九尾狐了嗎？」長者問。

「我們不是牠的對手，畢竟牠吃了兩極，而那座山頭的妖怪們又分食了兩極剩下的血肉，情況對我們很不利，只能等百年之後，兩極再一次輪迴重生了。」

兩人邊說邊離開，而九夜聽到了重要的資訊。

百年之後、兩極輪迴重生。

她不只一次聽到兩極這個名詞，即使再遲鈍也已經明白兩極就是指風夜。

她決定不能就這樣去找九尾狐自殺了，她必須搞清楚兩極是什麼，自己的妹妹為何而死。

於是，九夜開始了漫長的流浪生活，她不能在同一個地方待太久，否則人類將發現她不會老去。

她靠著自己的努力、靠著兩極每一世輪迴流出的情報，更加認識了這一切。百年之後，當她第一次看見兩極時便知道，兩極的靈魂依舊是風夜，她的靈魂沒有改變，只是並未保有記憶。

每一世的兩極都在母親的鮮血中出世，九夜一直想拯救兩極，讓她的妹妹不要死於苦難，她想讓風夜能好好地、完整地過完人類該有的一生。

但無論是怎樣純淨的靈魂、無論九夜如何想避免兩極被追殺，兩極最終都難逃死亡的命運。

九夜心力交瘁，直到某一世出現了變化。

兩極身邊多了一個男人，而各界陷入恐慌，喊著她沒聽過的名字——「瘟」。

「瘟」似乎會保護兩極，很快的，暗中觀察的九夜發現兩極與瘟相愛。

我必須保護他們！

這是她心中浮現的第一個想法，而她再次遇見零也是在這個時候。

零與她幾百年前所見到的模樣無異，不過零並不知道她以前曾經肢體殘破的躺在谷底聽著他與別人交談。

「妳究竟是誰？為什麼忽然出現，一連好幾世都這樣阻礙我們？」零是不折不扣的人類，卻擁有強大的力量，許多人都追隨著他。經過漫長的歲月，九夜已經知道零派是追殺兩極的人類中最大的家族。

我是兩極的姊姊。

九夜本想這樣回答，但看著在不遠處抵抗妖怪的兩極，她又打消了念頭。兩極擁有與風夜相同的靈魂，卻和風夜長得完全不一樣。

她曾經是兩極的姊姊，卻不是現在的兩極的姊姊。

她與風夜已經不會相見，生生世世永不相見，風夜只存在於她的記憶中。

可是她依舊希望兩極能不受傷害。

「我是與你們搶奪兩極的……彼岸花派系。」

彼岸花，開彼岸，只見花，不見葉。花與葉，生生世世不能相見。

她與風夜相見卻不相識，而她自己永遠也無法踏上彼岸。

「彼岸花派系？」零皺起眉頭，還來不及詢問更多，被瘟所驅使的鬼魂已經衝過來朝他們發動攻擊，撕裂了一個個人類。

爲了保護兩極，瘟傷害了除了兩極以外的所有生物，九夜也被其中幾隻厲鬼弄傷，於是立刻決定撤退，遠遠觀察一切。

等所有敵人都元氣大傷之後，兩極與瘟趕緊逃到河邊。瘟全身是傷，兩極也掛彩了。

「為什麼他們要傷害我們？我們做錯什麼了嗎？」兩極一邊哭一邊說，瘟則擁抱著她。

兩極的風可以傷害人類以外的所有生物，也可以治療人類的傷口，她輕柔地揚起一陣風，帶走了自己和瘟身上的傷，卻帶不走心中的痛。

而瘟能控制鬼魅，鬼魅在對付妖怪時雖然幫不上太多忙，可是能夠對付人類，對付兩極唯一無法傷害的人類。

兩極與瘟，相輔相成。

而他們相愛，瘟會保護兩極。

九夜終於再次找到希望，她覺得這樣就可以讓兩極過上平靜、幸福的一生了。

然而事情沒有這麼簡單，在數不清是第幾次的大戰後，九夜察覺到各方妖怪及人類全都站在了同一陣線，他們的目標不再是爭奪兩極，而是殺戮。

他們全力攻擊瘟，九夜還來不及救援，零所射出的利劍便瞬間穿入瘟的心臟。

再強、再如何能控制鬼魅，瘟終究是人類，被穿心自然活不下去。

兩極尖叫起來，周遭刮起強風，她抱住瘟想治療他，但瘟血流不止。兩極的治癒能力不是萬能，她可以撫平皮肉之傷，卻無法修復受到嚴重損傷的內臟。

「不要離開我，不要離開我！」兩極淒厲地呼喊著，瘟顫抖著伸出手撫摸她的臉頰，鮮血全沾染在她的臉上。

「對不起……這一次無法保護妳了……」這時，那些被瘟控制住的鬼魅停止動作，逐漸找回自己的神智。

「下一次，我們一定會在一起的，對吧？」兩極握緊瘟的手，不斷流著眼淚。

瘟微笑，閉上眼睛。

一切全都在那個瞬間發生，崩潰的兩極陷入短暫的無防備狀態，而瘟的死去讓鬼魅恢復神智，氣得要找瘟算帳，所有妖怪群起攻擊，零也往兩極的方向跑去。

九夜再次看見了兩極被各方分屍的畫面。

她心痛不已，這種感覺難以言喻，但她得到了新的情報，除了兩極，還有瘟的存在。

她一個人跌跌撞撞活過了好幾百年，事事都靠自己慢慢摸索、慢慢探聽，她見過好幾次兩極的死亡，看過好幾次各界的爭奪。

唯有瘟會保護兩極，然而當瘟出現，兩極所面臨的便只有死亡的命運。

不過瘟不是每次都會出現，所以九夜一直在等待，一直在等待著。

後來當她再次遇見零派的人時，他們獲得了兩極，那一世的零讓兩極生下了女嬰，於是兩極眞眞切切變成了「容器」。

兩極像是人偶一樣，每日讓人餵食、洗澡、更衣，雖然有呼吸與心跳，卻不能算是活著。

而她產下的女嬰被當成寶物般養育長大，最後在十五歲那年暴斃，但零派獲得了強大的力量。他們並不在乎兩極以及孩子，只在乎能夠因此獲得強大力量。

九夜哭著，除了被分屍、被吃掉以外，等著兩極的就是這樣的命運嗎？只能一輩子當個沒有思考能力的人偶。

直到「被選上之人」出生，使九夜發現除了瘟，她還有另一個選擇。

她想讓兩極和「被選上之人」共結連理，「被選上之人」可以保護兩極，更可以做到許多瘟做不到的事情。

所以當九夜將兩極送到封家時，才會告訴他們，有一天會有個男人來帶走她，她希望那個男人不是瘟，而是「被選上之人」——小虎。

九夜睜開眼睛，回憶到此結束。

她過去遭遇的種種都化爲經驗累積，這一世，瘟、兩極、被選上之人都在，她一定要拯救兩極，讓那曾經是她妹妹的可憐靈魂獲得安息。

封葉，名字與她妹妹同音的兩極。

第八章

「妳硬逼任凱是沒有用的。」小虎聽完封的話之後，端了壺伯爵奶茶過來，倒了一些在送給封的那個白瓷杯子裡。

「可是……我很擔心學長，他從樹林回來以後，就不斷地看見任炎，而且看起來精神也很不好。」封的神情十分不安。

雖然兩極會如此擔心瘟是必然，但小虎也認爲情況很危險，因爲他知道各界已經在討論要何時出手，只是仍畏懼著兩極和瘟的能力。目前他們還不知道瘟尚未覺醒，這對封和任凱而言是好事。

「還有一點我也很在意，阿谷身上出現了奇怪的瘀青，學長說是任炎弄的，但是任炎不可能去弄啊，這到底是怎麼回事？連我的風都沒有辦法帶走那些傷。」

「可能任凱覺得原因是那樣，於是很自然地將自己的想像具體化，妳的風無法治好就是證明，那並非眞正存在，比較像是幻覺。」小虎的手抵著下巴，「只是，如果他還有這樣的能力，表示他也不是完全扼殺了覺醒。」

「對我們來說，學長應該覺醒比較好對不對？以往的兩極與瘟覺醒了都還被殺，更何況是沒覺醒……」

「當然要覺醒比較好。」

「那該怎麼樣讓他覺醒呢？你跟九夜都說不要逼他，可是我覺得大家都太溫柔了。不是有一種說法嗎？有的人是天眼被衝破以後才看得見鬼，所以我認爲學長也應該要……」

「九夜？妳又見到她了？她有沒有對妳怎樣？」小虎露出緊張的表情，封不禁皺起眉頭。

「爲什麼你們都對九夜這麼防備呢？我不覺得她是壞人，畢竟是她將我從瓦礫堆裡救出來的，如果眞的要奪走我，她當時就可以把我帶走了吧。」

「這也是疑點之一，彼岸花派系十分神祕，我一直以來看見的都只有九夜一個人……」

「九夜要我順從自己的心，所以我相信屬於零派的你，也相信來自彼岸花派系的她。」封咬著下唇。

小虎看著封，最後搖頭嘆氣，將裝了奶茶的杯子稍微推向她，「快喝吧，不然要涼掉了。」

「嗯，好。」封拿起杯子，喝了一口後感覺力量湧現，「我還是決定要去強行讓學長覺醒。」

說到這裡，咖啡廳的門忽然打開，魁梧的獅爺出現在那，環顧一周後，直接走過來。

「妳上次說過要請獅爺幫忙，已經下定決心了嗎？」小虎問，獅爺走到桌邊，待小虎頷首後才坐下。

「原本想等到期末的，但現在我覺得果然還是越早越好……」封深吸一口氣，「在造成更大的傷害以前，消除我所有朋友的記憶吧，當然還有我的父母。」

小虎對封的決定並不感到意外，隨著時代越來越進步，妖怪的數量和過去相比已經減少很多，可是人口數量越來越多，因此兩極每次所造成的災害也越來越慘重，就像這一次封的出生，便使得A市居民近乎死絕。

誰也不知道，這一次當三個關鍵人物都在的時候，會發生什麼事情。

「可以，那什麼時候行動呢？」小虎問。

「佳惠現在還處於昏迷中，這樣能有效消除她的記憶嗎？」

小虎看了獅爺一眼，獅爺回答：「我沒試過對昏迷的人使用，可能要等她醒來會比較保險。」

「另外我要提醒妳一下，消除記憶不是萬能，無法將和妳有關的記憶從他們腦中完全抽掉，頂多只是削弱他們對妳的感情，或是把對妳的感情轉移到另一個人身上。」小虎補充。

「這樣就夠了，只要她們心中把我當成普通同學，面對我轉學這件事情就不會太傷心了。至於那些撞鬼事件的記憶，應該可以消除掉的吧？」

「嗯，就跟任馨和朱小妹的情況一樣，片段的記憶可以拿走，但要取走某個人的長期記憶比較困難。簡單來說，就是她們會記得有個叫封葉的人跟她們同班過，但要說出個所以然又說不太出來。」

「好，這樣就可以了。」封用力點頭。

「至於妳的父母……我倒覺得不用特地消除他們的記憶。」

「爲什麼？我離開了，他們會很難過吧……」封看著小虎。

「但九夜不是一開始就告訴過他們，與妳之間的緣分不會超過二十年嗎？妳的父母一直希望有個孩子，養育妳的這十六年也是快樂的時光，我想他們會希望保有關於妳的記憶，妳唯一該做的事情是——說謊。」

「說謊？」

「對，不要讓他們知道妳會被追殺或是必須逃亡，只要告訴他們妳要去另一個更好的地方，這樣就可以了。」

封考慮著小虎的提議，如果是說善意的謊言，她辦得到，這也是她所能盡的最後孝道，畢竟她覺得自己總有一天還是會死。

「那事不宜遲，快點準備吧，先去找妳父母，接著請妳父母到學校辦理轉學手續，最後再消除妳朋友的記憶。」小虎站起身，「還有一件事，妳有想過離開家之後要去哪嗎？」

這個問題考倒封了，她從沒想過這件事。以往的兩極不都居無定所嗎？

「如今和以前相比已經不可同日而語，妳真的什麼都沒有想呢。」小虎忍不住笑了，一臉拿她沒辦法的樣子，「就來我這吧。」

「你是說零派嗎？」封立刻警戒起來，獅爺則挑起一邊的眉毛。

「不，當然不是，我不會把妳送去零派。」獲得兩極的家族，依照規矩將由家中掌權者接收兩極，而零派一直以來都由零掌權，他不可能把兩極交給零。

「我們終歸是零派的人。」

獅爺的話換來小虎凌厲的眼神。「什麼時候讓你說話了？」

獅爺閉上嘴，沒再開口。

「這……你們不要吵架啦……」封試圖緩頰。

小虎轉向封，又恢復成原本溫和的模樣，「我的意思是，來我的咖啡廳吧，我可以供妳吃住，還可以保護妳。」

「這……」封有些猶豫。零派的目標就是奪取兩極，若她接受小虎的保護，是否會害小虎裡外不是人？

「妳怕我出賣妳嗎？」小虎問。

「不是，我相信你，只是……這樣你的立場不會很爲難嗎？」

知道封是替他擔憂，小虎笑了起來，「不用擔心這種事情。」

「但去了你那裡也還是沒有脫離我原本的生活圈，這樣子……也不算是眞正離開吧？」

「這妳就更不用擔心了，以人類世界的情況來說，我只需要換個地方開店就好，不過其實我彈指之間就可以將整間咖啡廳移到另一個地方。」小虎的話聽起來像玩笑，可是封沒來由地深信不已，因爲小虎似乎什麼都能辦到。

「我知道了。總之我先回家跟爸媽說清楚，一項一項來好了。」封停頓一下，「至於學長……我很怕他會做傻事，能請你去看看他嗎？」

小虎挑眉。如果任凱知道自己是因爲封的請求而去見他，想必只會更不高興，不過這也挺有趣的。所以他點頭，答應了封。

「妳一個人可以嗎？需不需要陪妳？」小虎的意思是她需不需要保護。

「應該沒有關係吧，我家還有九夜的屏障。」封聳聳肩。

「好吧，提高警覺。」

於是，他們在咖啡廳外分開，看著封離去的背影，小虎的雙眼轉爲褐色，他發現九夜站在遠處的樹枝上，也同樣回望著他。

「獅爺，跟上封。」

「是。」獅爺立刻追過去。

小虎和九夜相距好幾百公尺，但兩人都清楚地看見彼此。一直以來，小虎都不信任九夜，因爲當年他死亡的時候，九夜就站在旁邊。

可是封信任九夜。

他這一世對九夜的印象就只有這個女人屬於意圖爭奪兩極的彼岸花派系，這個情報是從家族那裡聽來的。但仔細回想，目前九夜的確不曾有過傷害封的行爲，甚至很多時候是在幫助封。

不過他還是認爲一切都要小心爲上，不能完全信任這個女人。想到這裡，小虎率先收回目光，眼珠變回黑色，轉身前往任凱的家。

封站在家門前吞了吞口水，鼓起勇氣開門，封家夫婦一看見她回來，明顯鬆了一口氣。

「妳回來啦，吃過飯了嗎？」封媽過來輕撫著封的頭。

而封爸坐在沙發上，看起來有些心神不寧。

「爸、媽，我已經吃飽了，我有件事情想跟你們說。」

封媽一聽到這番話，立刻摀住耳朵，「不，我不要聽！」

「好了，妳不要鬧！」封爸對她吼，「這是早就知道的事情不是嗎？」

「你怎麼可以這麼狠心？小葉是我們的女兒啊，不管怎樣都是我們的女兒！」

封媽哭了起來，就算早就知道封有天會離開，但眞的到了這時，她還是放不了手。

說謊，對妳的父母說謊。

小虎的聲音迴盪在封的耳邊，她知道自己只能選擇說謊。

「爸、媽，聽我說。你們應該都知道，我和一般人不太一樣，我……」封看向晒在陽臺的衣服，伸手一揮，一陣風從她手中產生而出，吹亂了那些衣服。

見父母目瞪口呆，她收回那陣風，「所以有一些奇怪的東西會找我的麻煩，九夜才會在屋子四周布下結界。」

「找妳的麻煩？妳沒事嗎？妳安全嗎？」封媽再次抓住封。

「我如果繼續待在這裡，不只我自己有危險，你們也會有，所以學長他……就是任凱，他幫我找到一個很安全的地方，我要去那裡……」

「他也只是高中生，能幫妳什麼？」封爸站起來。

「雖然他是高中生，可是他的能力很強，而且我還有其他夥伴，當然九夜也會跟著我們……」封說了些不完全算謊言的話。

「我不准，我不准妳離開……妳是我們的女兒啊！」

看母親哭成這樣，封也很想哭，可是她必須狠下心離開，這是已經決定好的事情，所以她嚴厲地說：「爸、媽，我可以消除你們的記憶，讓你們不記得有過我這個女兒，難道你們希望這樣嗎？」

她的父母震驚得說不出話來，往後退了幾步，坐到沙發上。他們其實都明白這一天總要到來，無論如何，他們都改變不了命運。

最後，封媽憔悴地開口：「我們最後……能幫妳做什麼？」

「讓我用正常的方式離開正常世界。」封低聲說。

她希望能用轉學的形式離開，理由只要說是出國留學之類的就好。

「爸、媽，謝謝你們養育我這個奇怪的孩子長大，很抱歉我什麼都沒辦法回報……」封哭著抱緊父母，三人都泣不成聲。

「這個家的大門永遠爲妳敞開，無論多久……解決了事情後就回來……」

雖然不是有血緣關係的家人，雖然她不完全是真正的人類，可是對封來說，這份溫暖與心痛都是眞實的。

她哭哭啼啼的拖著行李箱離開了生活十六年的家，看見獅爺就在樓下。

「小虎還是派你過來了嗎？」

「嗯，來保護妳。但我是打算，要是妳說服不了妳的父母，便上去消除他們的記憶。」獅爺面無表情的說。

封不禁笑了起來，「很像你的作風。」她擦乾眼淚，「走吧，我們就在今天解決掉所有事，先去找子宥……對了，佳惠怎麼辦呢？」

「李佳惠是被般若附身過後才出現昏迷不醒的情況，也許鬼女會有辦法，我和虎說一聲。」獅爺說完，撥了電話給小虎，順便幫封提起行李，封的二十八吋行李箱在他手裡看起來就像玩具一樣。

「您隻身前往鬼女之村太危險了，我馬上過去……是，是，好。」獅爺的話似乎被小虎打斷，他掛掉電話後，看著封說：「虎說就都在今晚處理完，他會帶鬼女前往醫院，我們先去消除喬子宥的記憶，等會兒到醫院和他會合。」

封點點頭，兩人走到路口招了台計程車。

「咦？我們要坐計程車？」封驚呼。

獅爺歪頭，像是在問「不然呢」，封趕緊搖頭說沒事。

最近太常接觸異世界的事物，忽然用正常方式移動，反而讓她感到不習慣了。

小虎掛掉電話後，思考著獅爺說的話。如果真的是般若之氣讓李佳惠昏迷不醒，那紅葉說不定能讓她醒來，只是他實在不想和紅葉打交道。

「什麼事情？」任凱一臉不悅的看著小虎，兩人此刻在任凱家附近的小公園，原本任凱並不打算出來，但小虎說他若是不出來，他就要進去了。

任凱看過小虎乘著貔貅飛天，知道他不是在開玩笑。

「你不相信封葉說的話，是嗎？」小虎雙手環胸。

「哪件事情？」

「任炎的事情。」

任凱一笑，「她說她沒告訴你這件事。」

「不管怎樣，我就是知道了。任凱，任炎是覺醒的幻象，你必須接受這一點才有辦法覺醒，不然你和封都會陷入絕境。」小虎認眞地說，「我就只講這一次，之後要怎麼做取決於你。」

任凱緊盯著小虎看，「我不相信你，你有太多事情沒告訴我們。」

「我的確有很多事情沒說，但說出口的都是實話。」小虎淡淡回應。

「那爲什麼你是零派的人，卻又願意幫助我們？」任凱質問。

「因爲我喜歡兩極。」小虎毫不避諱，任凱不禁倒抽一口氣。

「你喜歡封？」

「不，我喜歡的是兩極。」小虎強調。

「有什麼不一樣嗎？你的喜歡是愛情的那種，還是想吸收兩極力量的那種？」

「是不會傷害她的那種。」小虎的目光略顯飄忽。「對了，我介紹一個朋友給你認識。」

「什麼？」任凱東張西望，小虎身後的空氣突然扭曲，一隻白色巨獸走出。

貔貅打了個哈欠，四處嗅嗅後趴在地上，又打了一次哈欠。

「你們都知道牠是貔貅，名字你到時候再另外取就好，總有一天牠會變成你的朋友。」小虎邊說邊撫摸著貔貅的毛。

「爲什麼我會和你的寵物變成朋友？」任凱嗤之以鼻。

「牠不是寵物，是夥伴。至於原因，總有一天你會知道。」小虎說得哀傷，貔貅舔了舔他的臉，斜眼看了任凱一下後，回到隱匿的空間之中。

「還有件事要讓你知道。」小虎將封的決定及剛才獅爺說的話都告訴任凱。

「那隻花栗鼠做了這樣的決定？居然完全沒有跟我商量？」任凱十分生氣。

「也許是在她要告訴你之前，你就氣到自己先走掉了。」小虎嘴角勾著笑容，「我要去鬼女之村一趟，你就去找封吧。你和兩極最好不要分開，以免被趁虛而入，尤其你現在尚未覺醒。」

「我能保護自己。」任凱說完，轉身回家。

小虎搖搖頭，從口袋裡拿出一張白紙，在上頭畫了隻蝴蝶，接著將紙折起來，放在掌心一吹，紙蝴蝶拍動翅膀，變成了一隻活生生的橘色蝴蝶。

蝴蝶在空中翩翩起舞，而後停在樹幹上，小虎走向那棵樹，沒有停步直直穿入，身體隱沒在樹幹之中，進入鬼女之村。

而停在上面的蝴蝶在他穿樹而入之後，變回一張紙，被風吹走。

「哎呀，這是誰呢，怎麼會來我們這呀？」

小虎一踏入鬼女之村，紅葉便感受到他的氣息，立刻警戒起來。虎從來沒有找上門過，她擔心是暗中策劃的事情被發現了。但妖怪從來不會輕易讓內心的動搖顯露出來，紅葉頭也沒抬地繼續下棋，只是妖魅地瞥了小虎一眼。

「我有事請妳幫忙。」

紅葉挑起一邊的眉毛，小虎的態度讓她知道事跡並未敗露。

「我哪有什麼事能幫虎的忙呀？」

「般若。」小虎的話讓紅葉的表情瞬間僵住，隨即轉爲憤怒。

「別提那個叛徒，那是我們鬼女的恥辱！」紅葉氣得弄亂盤面上的棋，站起來往一旁的椅子走去。

「般若當時附在一個人類女孩身上，那女孩現在昏迷不醒，妳有辦法幫忙嗎？」小虎無視她激動的反應，簡潔說明來意。

紅葉迅速思考起來，她認爲冷淡的虎不可能無緣無故幫助別人，所以此事肯定和兩極有關，當初般若就是利用兩極朋友的嫉妒之心來煽風點火的。

「嗯，我是有辦法。」必須套出更多的話才行，紅葉心想。

「什麼辦法？」

「只要將殘留在那女孩體內的般若之氣吸取出來就可以。」紅葉指了自己的豔紅朱唇，噘了起來，「必須嘴對嘴，由我。」

「一定得由妳來嗎？」小虎皺眉。

「當然，我可是鬼女的領導人，只有我擁有這樣的能力。所以說在哪裡？什麼時候去？」

「今晚就去，在醫院。」

「不過，那個女孩可是曾經想傷害兩極的人呢，爲什麼還要救她？」

「這不關妳的事情。」小虎轉身，「跟我走吧。」

「獅爺怎麼沒與你一起來呢？」獅爺身爲虎的保鏢卻沒有跟隨在左右，這個情況並不合理，除非他是有更重要的事要辦。

對虎來說，重要的事情就只有關於兩極的事情，因此可以推斷，獅爺現在非常有可能陪在兩極身邊。

想到這裡，紅葉決定放手賭一把。

「慢著，在去之前，我必須稟告零這件事。」紅葉故意搬出零的名字。果不其然，小虎露出嫌惡的表情，「沒有必要告訴他。」

「當然有必要呀，我們鬼女和零可是有訂契約的，做任何事情前都必須和零報備，這就是我們的悲哀呀！」紅葉神情無辜，不過對小虎來說一點用也沒有。

「那妳去即可，用不著我。」

「那可不行，你都來到這兒了，若不回本家走走，零主子一不高興，說不定就不讓我出去了。」紅葉的食指在紅唇上輕點著，「叫獅爺也一起來吧，他爸爸很想他呢。」

「妳在打什麼主意？」小虎瞇起眼睛，看著明顯不懷好意的紅葉。

紅葉嬌笑，「雖然和你們訂了契約，但我是個幸災樂禍的妖怪這點還是沒變，想要我幫忙，就讓我瞧瞧你和零之間那劍拔弩張的氣氛，還有獅爺和他爸爸之間彆扭的互動，讓我過過乾癮吧。不然，我可能就會忘記該怎麼讓那個人類女孩清醒過來了……」

小虎瞪著紅葉，卻還是從口袋中取出白紙，畫了隻鴿子，像剛才一樣將鴿子變成實體，讓牠展翅飛走。

紅葉微笑，另一隻手背在身後揮了兩下，站在拉門外的阿滿明白她的意思，立刻拿起燈籠往妖道走去。

獅爺將封的行李箱暫時放在小虎的咖啡廳裡，之後兩人一起來到喬子宥的家。

喬子宥住在一棟大廈之中，一樓有警衛值班。雖然獅爺並不介意直接闖入再消除警衛的記憶，但封表示她另有辦法。

他們在沒有驚動任何人的情況下來到喬子宥的房間，看著躺在床上、模樣憔悴不已的喬子宥，封感到心疼無比。

「要把她叫醒，我才能使用力量。」獅爺小聲說。

封慢慢走到喬子宥的床邊，輕柔地伸出手覆蓋在她的額頭上，喬子宥瞬間驚醒。她的雙眼凹陷，黑眼圈重得像熊貓一樣。

「封……妳怎麼會在這？」喬子宥驚呼，而封指了指房內沒關上的窗。

「如果我說，我是乘著風上來的，妳相信嗎？」封才說到此處就已哽咽。

喬子宥看看窗戶，又看看在封身後的獅爺，「我已經沒什麼不信的了……」

「子宥，眞的很抱歉讓妳遭遇到這樣的事情。」封握住她的手。

「是我傷害了你們，是我……」

「如果不是因爲我，妳們就不會被妖怪纏上了，一切都是我的問題，我眞的很抱歉。但是……不用擔心，妳們就快解脫了。」封說完，站起來往後退，獅爺則走向前，而喬子宥瞪大眼睛。

「妳想做什麼？」

「我要讓妳忘記這一切。我眞的很高興可以和妳當朋友，雖然時間短暫，不過我很開心……」封流下眼淚，喬子宥直起身想要喊出聲音，獅爺馬上將手掌覆蓋到她的臉上。

如此簡單就結束了，如此輕易的，喬子宥就會忘記自己曾和封這麼要好過，還有曾經喜歡過封。

「謝謝你，獅爺。」封看著暈倒在床上的喬子宥，淚流不止，然後和獅爺一同從窗戶離開。

封就和風一樣，來去無蹤。

「……」

「怎麼了？」

醫院大門前，一隻帶著橘光的鴿子憑空出現，停在獅爺的手上，接著像是炸開一樣忽然消失。明明沒有出現任何東西，獅爺的表情卻很難看。

「我要回去一下。」

「回去？那是小虎發來的訊息嗎？」封好不容易止住了哭泣。

「對，鬼女她……總之我必須回去一趟，瘟等會兒就會過來，我等他過來再離開。」話才說完，他們就聽見機車的引擎聲。

「學長……」封遲疑地喚了聲，任凱拿下安全帽從機車上下來，一臉怒氣。

「我離開了。」獅爺餘音未落，人已經消失。

「花栗鼠！」任凱吼道。

「小聲一點啦，學長，現在很晚了……」封趕緊要他注意音量，畢竟他們等等可是要偷偷溜進醫院。

「妳爲什麼自己做了這麼多決定，卻不跟我商量？」任凱用兩手猛力擠壓著她的臉頰。

「我、我只是……」

看著封的表情，還有剛哭過的模樣，任凱嘆了口氣，鬆開手。「算了，我知道妳的用意。」任凱明白，自己總有一天也要離開家人和朋友。

「謝謝你，學長。」封揉著臉頰，露出欣慰的微笑。

「所以我們現在要？」

「先去佳惠的病房等小虎他們帶鬼女過來。」

「又是小虎……」任凱不悅地低語，抬頭看了眼醫院，眼窩處傳來陣陣劇痛。今晚，這裡的鬼魂特別多。

「很多東西嗎？」封已經能察覺到任凱的任何表情變化。

「嗯，小心一點。」任凱說。

而遠方，就在醫院的對街，方雅君和羅秉佑站在那裡。

第九章

某處深山中的宅院裡，每個人都屛息著，連山林間的鳥獸也停止鳴啼，所有家僕都待在自己房內，元老們也聚集在大廳，而掌管這座大宅院的男人——零，正在自己的房間裡招待來客。

「吾兒，好久不見了。」獅家掌門坐得挺直。

「父親。」獅爺的姿態和他的父親如出一轍，兩個人就像是在照鏡子一般，差別只在年紀不同。

「所以，你們要去醫院喚醒兩極的朋友？」零一面斟茶，一面慢條斯理地問。

「是呀，般若犯下的過錯，也只有我可以收拾。」紅葉在一旁媚笑。

「能夠想到先來跟我報備，我很欣慰呢。」零將茶杯分別放到每個人面前。

「您是說我，還是說虎呀？」紅葉故意問。

「都有。」零的目光落到對面動也沒動的小虎身上。

小虎的雙眼已轉爲褐色，他死盯著眼前的零，雙手緊揑膝蓋處的長褲布料。

「別這麼緊張，放輕鬆些。」零當然注意到了，他勾起不帶笑意的笑容，「那這次的事情結束後，虎是否就會回來了呢？」

「我沒這打算。」

「喔？我的忍耐已經快到極限了。」零喝了一口茶，「我很快就會主動去將兩極帶來。」

他們都很清楚，有小虎和獅爺在兩極身邊，加上瘟，所有妖怪鬼魅都會忌憚，這擺明了這世的兩極已經歸零派所有。

所以零並不著急，他知道小虎不會讓兩極受到傷害，而要論實力，小虎還在他之下。

「你別想傷害兩極，別想像以前一樣……」

「注意你的態度，虎！」獅家掌門大吼，聲音震得所有人耳膜發疼，紅葉嘖了聲，瞪了他一眼，零則拍拍胸口。

「要吼之前也先提醒一下，想嚇死我們啊？」零輕笑。

「抱歉。」獅家掌門立刻道歉，零擺擺手。

「虎，我能明白你爲什麼對零派……應該說對我這麼排斥，畢竟上一世我殺了你，雖然那不是我，但靈魂是我，所以嚴格說起來還是我殺了你。不過你現在轉世到這個家了，應該明白有些犧牲是難免的，兩極生來就是被爭奪的命運。」零將熱水注入茶壺之中，茶葉被泡開，零搖晃幾下，蓋上茶壺蓋子。「如果兩極與瘟相愛，那更該殺絕，不然世界會發生重大災害，我們可不能爲了保護兩極與瘟而讓更多人死去，這是拯救世界呀。」

小虎聽得作嘔。瘟好幾百年才出現一次，也就是說，兩極並不會每一世都與瘟相遇，卻仍不曾逃離被獵殺的命運，這不就是各界為了一己私慾而殘害生命的最佳證明嗎？

他握緊雙拳，只恨自己能力不足，上輩子無法保護兩極，這輩子無法推翻零，還落得生在零派的下場。

那是很久以前的事情。

在小虎呱呱墜地那天，新生的他睜圓眼睛看著這個世界。天空驟降豪雨，他聽見了雨落在屋簷上的聲音，眼中映著許多陌生的臉孔。他沒有哭，他看著所有的人，一個一個看過。

「快叫零主子過來，快啊！」

一人驚恐地喊著，窗外明亮的月光斜照進來。

「零主子說，他已經從從天象看出『被選中的人』出生了……」

聽到這樣的話，小虎的腦海中忽然出現許多畫面，有個女人在哭泣，抱著他的屍體哭喊著。

這讓小虎頭痛欲裂，悲傷的心情猛然湧上，他大哭起來，發出的哭聲與一般的嬰兒無異。

「他哭了，他哭了！他不是瘟的轉世！他不是對不對？」生下他的女人歇斯底里地喊著。

「不是，這是因爲他想起上輩子的記憶了……」旁邊的人說著，所有人都害怕地看著這個嬰兒。

「這……要幫他取什麼名字？」抱著嬰兒的產婆問。

在場眾人面面相覷。瘟的轉世該取什麼名字？這還真的是難倒他們了。

「虎。」小虎發出聲音，所有人瞪大眼睛，產婆甚至差點鬆手將他摔下。

上輩子，當小虎還是瘟的時候，那一世的兩極就是如此稱呼他——「虎」。

兩極是容器，瘟則是無形的東西，像空氣一樣包覆著兩極。

而女媧在用泥土捏製人類時，用了兩極這個容器盛裝黃河之水，於是兩極內部所承載的負面情緒混在了水中，進入人類的靈魂裡，所以人性本惡或是本善永遠難以定論，人類從一開始就充滿矛盾。

之後女媧用五色石修補破了個大洞的天空，透過五色石照射下來的光芒喚醒了瘟，瘟本能地想尋找兩極，便依附到人類的靈魂之上。

兩極每次轉世，都會和一般人類一樣失去前世的記憶，但靈魂還是同一個。

而瘟就不一樣了，瘟本身只是攀附在人類的靈魂上，當被攀附的對象轉世，瘟就會換一個靈魂依附，可是曾經被瘟寄宿過的靈魂仍會記得那輩子的事情。

那個靈魂投胎轉世後，會出生在上一個擁有兩極的家族裡，人們稱其爲「被選中的人」，他會有上輩子身爲瘟的記憶，也會有與兩極相愛的記憶。

然而，他已經不是瘟了，他會擁有其他強大的能力，卻不再能使鬼，控制鬼的能力只屬於瘟。

他只能看著這一世的兩極與這一世的瘟相愛。

曾經與其相愛過的兩極，卻注定愛上新一任的瘟。

貔貅則是「被選中的人」的守護獸，也就是「上一世的瘟」的守護獸，因此若有天任凱轉世，貔貅便會前去任凱身邊。

身爲兩極的封轉世以後依舊將面臨被追殺的命運，如果那一世又出現了瘟，任凱也只能看著兩極與那世的瘟相愛。

就和現在的小虎一樣，痛苦，卻無能爲力。

這多麼諷刺，他所出生的地方居然是上輩子殺了他的零派，居然是讓兩極遭受痛苦的零派。

轉世後的小虎好幾次想要殺了零，可是他體內流著零派的血，那成爲了詛咒，屬於同樣血脈的人不能互相傷害，所以小虎無法下手。

於是他離開這座大宅，打算能逃多久是多久，甚至祈禱兩極不要出生。

不過封葉還是誕生了，在那個天搖地動的夜晚，小虎感受到和兩極相同的靈魂出現，他痛哭起來，既高興可以再次見到他曾愛過的那個靈魂，又爲兩極未來的命運感到悲傷。

這就是小虎的祕密，唯一隱瞞了封與任凱的最大祕密。

他曾經是瘟。

他不想拿這件封根本不可能記得的事情來懲罰她，也不想讓已經承受很多的任凱知道自己往後的命運。

上輩子保護不了兩極，這一世，他一定要好好守護封。

任凱與封在醫院大門前徘徊許久，最後還是決定先行進入。

「反正妳現在不是很會使用風？連獅爺都載得動了，更別說我了吧。」任凱已經知道封是怎麼進到喬子宥的房間。

「應該是沒問題啦。」封看了眼李佳惠那間病房的窗戶，「那學長，你抓緊我。」

任凱打量了一下封纖瘦的身子，一時不知道手該抓哪裡好。難不成他得用抱的嗎？

「有沒有繩子之類的？」

「什麼？別鬧了啦，學長，快點抓緊我。」封白了他一眼。

好啊，這隻花栗鼠居然敢這麼囂張，抓就抓，有什麼了不起。

任凱賭氣似的抓緊封的腰，在被他碰觸的瞬間，封的臉頰發燙起來。

唉唷，怎麼會這麼緊張？不過就是被抓著腰而已，真是的……不，現在不是在意這種事情的時候，要好好集中精神才行。

封閉上眼睛，雙手往前伸直，接著展開手臂，一股強烈的風在她的掌心中產生，她雙手往身體兩側拉開，那陣風隨之越來越大、越強。

「好了，可以踩上去了。」封說。

「踩上去？這真的安全嗎？」任凱只見到地上的葉子和灰塵被風捲起，看起來什麼也沒有，一點也無法讓人安心。

「放心啦！」封立刻踩上去，抓著她的任凱也被帶向前。

踩在風上的感覺十分奇怪，很不踏實，但確實有東西在腳下。

「準備好了吧？我要起飛嘍。」講完這句話後，封自己笑個不停。

「妳笑點也太低了吧。」任凱吐槽，卻冷汗直冒。

接著，他們像是騰雲駕霧一般，就這樣飛上了天空，任凱感受著迎面而來的強風，看著地面的景物越來越小，不禁一陣腳軟。

就在這個瞬間，他突然看見從對面馬路迅速飛上來的方雅君和羅秉佑。

「靠，那是——」任凱還來不及說完，方雅君他們便直衝過來。

「哇！」突如其來的撞擊讓封來不及反應，兩個人就這樣撞破窗玻璃摔進醫院的其中一層樓，發出巨大的碰撞聲。

玻璃劃傷了他們的肌膚，鮮血汩汩流出，封吃痛的從地上爬起，任凱趕緊過來攙扶她，「妳有沒有怎樣？」

「沒……」封敲了敲自己的頭，發現地板上都是血跡，抬頭便看見任凱臉上插滿碎玻璃，嚇得驚叫，「天啊！學長！」

她趕緊使出風將彼此的傷治好，接著避開地上的碎玻璃，環顧四周。

他們撞進來的地方是某層樓的中央走廊，但奇怪的是，醫院裡的燈光很暗，而且發出這麼大的聲響，卻沒半個護士或病人出現。

「學長……」封立刻抓住任凱，任凱也謹慎地留意周遭動靜。

「不太對勁，妳準備好風的力量。」他抓緊封的肩膀，兩個人靠得很近。

「等、等一下。」封從口袋裡拿出白瓷杯，幸好並沒有摔破。她立刻到一旁的飲水機裝水，喝了幾口。

「妳有這麼渴？」任凱瞪大眼。

「不是，我使用力量會消耗體力，用小虎送我的這個杯子喝水可以補充能量。」封小心翼翼將杯子放回口袋，再跑回來抓緊任凱。

「又是小虎啊……」任凱不快地說。

「幹麼，學長你在吃醋嗎？沒關係啦，兩極與瘟是注定相愛的。」封想也沒想就脫口而出，結果兩個人都紅了臉。

「白痴，說什麼鬼。」任凱打了她的頭。

「好痛！好久沒有這樣被打了……學長，你是不是害羞的時候打人就會特別用力啊……」封摀著頭哀號，她害羞的時候就不會打人，可見任凱真的有暴力傾向。

「白痴什麼，別再亂說話！我們先去李佳惠的病房啦！」任凱漲紅著臉，又吼了幾句。

「喔，對，這才是最重要的！」封趕緊牽起他的手。

「妳幹什麼？」任凱的臉更紅了，馬上想要甩開。

「這樣才安全啊，學長，你不覺得醫院裡面……很冷嗎？」封吐了一口氣，眼前有白霧凝結。

任凱瞇眼觀察，這裡沒有任何鬼魂，但是有非常令人不舒服的氣息。

「我不知道剛才是不是看錯了……」任凱提起那驚鴻一瞥。「我好像看見方雅君和羅秉佑。」

「方雅君和羅秉佑？怎麼可能？他們不是……不知道逃去哪了嗎？」封驚呼。

「只有一瞬間，但我看到他們兩個從底下飛上來撞我們，所以我們才會摔進來。」

「爲什麼要這麼做？」

「大概是羅秉佑想找我們報仇吧。」任凱覺得這是最有可能的原因，「我看見方雅君抱著他飛過來。」

「可是方雅君被羅秉佑殺了，怎麼還會幫他？」

「也許是羅秉佑跟她說了什麼，或者是方雅君改變了心意，總之，我剛才看見的就是那樣。」

「方雅君的話我有辦法對付……可是羅老師的話，學長，必須交給你了。」封東張西望，覺得更加緊張了。

「這時候出來湊什麼熱鬧啊！」任凱煩躁地抓了抓頭。

兩人爬上樓梯，一路上沒遇到任何活人，也沒遇到鬼魂。

如此一來反而讓他們更加不安，就在來到最後一層樓梯的轉角時，任凱看見那裡站了個人，於是嚇得大叫，封也被嚇了一大跳。

「哇！學長，你幹什麼！」

任凱定睛一看，發現站在那裡的是自己，原來是鏡子。他咳了兩聲，覺得有點糗，拉著封繼續拾級而上，「鏡子。」

「鏡子？學長，你看見鏡子？」封疑惑地轉過頭，盯著樓梯轉角處的牆壁，「那邊沒有鏡子啊！」

任凱一愣，立刻轉身，那裡除了潔白的牆壁之外，什麼也沒有。

那剛才他看到的是……

「任炎……」

「學長，任炎不存在，他是你內心的……」

「閉嘴，不要再讓我聽到任炎不存在這句話！」任凱大吼，他的聲音迴盪在樓梯間，封嚇得渾身抖了下。

「好！你就一直陷在自己的幻想裡面算了！學長，你比我想像的還要膽小！」封氣得大喊，但是並沒有放開任凱的手。

他們都知道，不能因爲一時的意氣用事而離開彼此，這樣只會讓他們更加陷於危險之中。

來到李佳惠病房所在的樓層，他們發現連値班櫃檯也沒人，整個空間明明沒有燈光，外面的月光卻像是照進了每個角落一樣，到處都覆蓋上一層銀白光芒。

封領著任凱來到李佳惠的病房，敲了兩下門後才推開。李佳惠躺在病床上，心電圖發出規律的聲響，而她的床邊還站了一個人。

「學長！」封趕緊喊了任凱，站在床邊的是方雅君。

「好久不見了。」方雅君露出微笑，「兩極與瘟。」

瞬間，兩人見到方雅君背對的窗戶外爬滿了鬼魅，黑壓壓的一片，連病房內的牆上也全部都是。

「妳明知道我們的身分，卻還敢出現？」任凱穩住身體，將封拉到自己背後。

方雅君已經不再是之前那恐怖的模樣，看起來與常人無異，也不再是擁有執念的鬼魂，她神智非常清楚，任凱覺得說不定還可以溝通看看。

「爭奪兩極之事，鬼界也參與其中，在瘟沒有出現的時代，鬼也曾經得到兩極過，但那是很久以前的事情了。」方雅君微笑，「這一世，雖然瘟在，可是……」

話說到一半，方雅君忽然衝了過來，速度快到讓封根本來不及反應，任凱就已經被咬了一大口，手上缺了塊肉，鮮血直流。

「啊——」任凱痛喊，而方雅君露出著迷的神情。

「瘟的血肉就如此美味……兩極的又會是如何呢？」

「學長！」封嚇得大叫，趕緊使出強力的風吹向眼前的所有鬼魅，他們發出慘烈的尖叫，四處逃竄，接著封立刻使出治癒的風，想要醫治任凱的傷。

缺損的血肉緩緩生長出來，封知道自己的治療不是萬能，受傷面積越大，治癒的速度就越慢，而且她似乎只能治皮肉之傷。

「學長，學長你沒事吧？」封拍打著任凱的臉頰。

「沒事……」任凱挫敗不已，封又一次拯救了他，他忍不住痛恨起自己的無能為力。

「原來兩極的力量也是有弱點的……」方雅君從牆壁裡鑽出來，她的臉燒傷了一半，但她絲毫不在意。

「什麼？」封趕緊擋在任凱前面，使出一團旋風準備應戰。

「妳可以製造強度不同的風，可以傷害我們，可是妳無法同時使出兩種不同功能的風。」方雅君笑了開來，「也就是說，妳無法一邊治療瘟一邊制伏我們，這是很好的情報啊！哈哈哈哈！」

封心中一凜。她亟欲隱瞞這個弱點，甚至從來沒有和任何人討論過，可是卻如此輕易就被發現了。

「對，沒錯，可是只要是同一種功能的風，我便可以無上限地控制。」封用強烈的旋風包圍起自己與任凱的周邊，接著朝方雅君丟出另一道風。

而方雅君微笑，瞬間閃到李佳惠的床邊，抓住她用力往上一拉，李佳惠就這樣被拉了起來——正確來說，是她的靈魂被拉了出來，而本體還躺在床上。

「天、天啊！」封驚叫，卻來不及收回那道風，就這樣直接打在李佳惠和方雅君身上。

「啊啊啊啊——」兩聲尖叫同時響起，李佳惠痛苦地扭動著，而方雅君雖然渾身燃燒，卻帶著笑容。

「兩極！妳就盡量使用那種風吧，看看是我會先死，還是妳朋友的生靈先完蛋！」她發出尖銳的笑聲，拉著李佳惠的生靈穿牆而去。

「不要！佳惠！」封追上去，所有鬼魅忽然消失無蹤，醫院再次恢復成安靜得詭異的狀態。

「她還活著。」任凱走到李佳惠的床邊，心電圖依舊規律地逼逼作響，她的身體看起來沒有變化。「但是如果她的靈魂不快點回來，會死的。」

「不，佳惠不可以死！」封不想再看到自己的朋友死去，「都是我的錯，要不是我，我的朋友們就不會遭受危險和痛苦了！」

「封，不要這樣。」任凱抱緊封，一手撫摸著她的頭髮。

他也曾想過一樣的事情，他們兩個的存在，是否只會讓身邊的人淪爲被攻擊的目標？封的朋友們一個接一個陷入危機，而有一天可能會換成他身邊的人，阿谷、父母、任馨……

「我們只能接受命運。」任凱靜靜地說。

封抬起頭，淚眼汪汪地看著任凱，「學長，你眞的接受了命運嗎？」

任凱一愣，他已經接受了陰陽眼、接受了瘟，但是……

「我們先去找李佳惠。」他迴避這個問題，牽起封的手往病房外走。

醫院裡依舊昏暗、安靜，他們踏在地面上的腳步聲十分清晰，連呼吸聲都清楚無比，兩人一路東張西望，卻沒有看見任何鬼魂。

當他們走到兒童病房的樓層時，終於在孩子的遊戲間發現方雅君的身影。她已經恢復成原本的容貌，李佳惠則茫然地坐在旁邊，任由方雅君幫她梳理頭髮。

「你們來啦。」方雅君沒有抬頭，靜靜地持續手上的動作。

遊戲間的周遭聚集了各式各樣的鬼魂，他們個個貪婪地看著封，嘴裡低喃著：「吃了兩極、吃了兩極，只要這樣就可以成魔了，不需要其他人的幫助、不需要任何輔助……」

封嚥了嚥口水，抓緊任凱的手，而任凱的眼睛幾乎要張不開。他第一次看見如此多的鬼魂聚集在同一處，眼窩的劇烈疼痛讓他無法睜眼。

「學長……」封感受到任凱微微顫抖著，這才發現他快要站不穩了。

她沒有辦法一邊顧及任凱，一邊試圖奪回李佳惠。

可是她非這麼做不可，不然所有人都會死的，她還不想死！

「放開佳惠！方雅君，妳已經死了，爲什麼不好好放下一切離開？」封大喊。

「放下一切？那妳又放得下一切嗎？」方雅君冷笑。

「我當然可以，我現在就是在做這件事！」

「不，如果妳放得下一切，就不會來救李佳惠了！」方雅君大笑，所有鬼魂立刻分批往封這邊衝過來。

說時遲那時快，封立刻以右手往前推出一陣強風，灼傷了四、五名鬼魂，他們發出淒厲尖叫，但另外三個鬼繞了開來，直直往任凱衝去，封連忙用左手再次發出強勁的風，可是這三個鬼的速度太快，她的風只傷害到最後一個，而任凱避開其中一個，另一個卻穿牆後再從門口進來，直接張口咬了他。

「靠！」任凱叫了一聲，封分心回頭，趕緊要使出治癒的風幫助他，然而就在這個空檔，方雅君立刻抓著李佳惠的頭髮飛到封的背後，張嘴咬了她的肩膀。

「啊——」封收回治癒的風，往自己背後射出強風，但傳來的不只有方雅君的慘叫聲，還有李佳惠的。

「好痛、好痛——」李佳惠瘋狂地尖叫著，方雅君的臉龐再次潰爛，發出刺耳笑聲。

「李佳惠和我不一樣，她是生靈，妳造成的傷害會影響到她的身體，說不定等她醒過來，就會變成一個白痴了，哈哈哈哈哈！」方雅君死死抓著李佳惠，在空中盤旋尖笑，速度之快讓封根本無法瞄準。

只要意圖攻擊方雅君，她就會拿李佳惠來擋。

「滾開！」任凱在後方與其他鬼魂激戰，但完全處於下風，他剛才受的傷還沒有被治癒，現在又多了好幾道傷口。

而封的肩膀也被方雅君咬了一口，她想使用風替自己和任凱止血，那些鬼聞到他們的血腥味都已經失去理智，雙眼變得通紅，而且力量正在增強。

可是她知道，如果她收回攻擊的風，鬼魂們就會再次抓緊時機襲擊而來。

怎麼辦，這下該怎麼辦？

「啊啊——」當封還在思考的時候，後面的任凱痛呼出聲，他的腿上有好幾個小孩子的鬼魂攀著啃咬，任凱伸手想將他們扯下，卻碰不著無形的鬼。

「學長！」封尖叫，她顧不得那麼多，立刻雙手往任凱那裡發出攻擊，鬼魂們尖叫四竄，她又以迅雷不及掩耳的速度製造出好幾道治癒的風過去，瞬間治好任凱的傷。

「小心！」任凱大喊，方雅君和其他鬼魂再次衝向封，咬了她好幾口。

兩極香甜的血液令他們欲罷不能，方雅君雙眼發紅，光是這一點點的血就讓她興奮至極，她無法想像那些吃過兩極血肉的妖怪會強大到什麼樣的地步。

「放、放手！」封吃痛地尖叫，身體周圍出現強烈的狂風，有些道行較淺的鬼直接被整個打散，而方雅君閃得快所以沒事，但是她故意不帶走李佳惠。

「不要、不要啊！」李佳惠尖叫，她的生靈沒有其他意識，只感覺得到疼痛，躺在床上的本體則正劇烈顫抖。

「只要再被妳攻擊一次，她就會成為植物人了。」方雅君幸災樂禍地笑。

封瞪大眼睛，趕緊收回攻擊的風，任凱將她拉到身旁，她已經全身是血。

「哈哈哈哈，沒有錯，真的沒有錯，這多可笑，瘟居然不會使鬼！所以說，你們對我們一點辦法也沒有！」方雅君雙眼通紅，「看樣子我也不用管和鬼女的約定了，直接吃了你們就好！歷經百年，鬼界終於又可以再次擁有兩極——」

「學長！學長，請你救救佳惠！」封眼看走投無路，哭著請求任凱。

「我……」任凱皺緊眉頭，望著渾身是血、臉色蒼白的封，她用了太多的力量，狀態相當虛弱。

他什麼忙也幫不上，反而還拖累了封，雖然很痛苦，可是他不知道該怎麼做。

封使出最後一道強力的風，避開了方雅君和李佳惠，掃除了一半的鬼，接著感受到睡意襲來，軟倒在任凱懷裡。

「學長，接受、接受任炎就是你，他不曾存在……」

封如此說著，任凱清楚看見任炎帶著微微笑意，站在方雅君身後。

許多光點從任炎身上浮現，他筆直朝任凱的方向走來，穿過了方雅君、穿過了李佳惠，但所有鬼魂都像是沒看見他一樣。

若任炎是鬼，那些鬼魂怎麼會沒有看見任炎？

任凱瞪大眼睛，看著懷中快要昏迷的封，她握緊他的手，淚水落了下來。

「你可以為了我，變成瘟嗎？」

任炎蹲在封的身邊，朝任凱微笑。他伸出手，堅定地對任凱說：「凱，接受我的世界吧。」

任炎從來就不曾存在嗎？

任凱流下眼淚，看著這個曾經的兄弟，還有已經暈過去的封。

事情的眞相就是這樣嗎？任炎一直以來都是他的幻想嗎？這幾年來他對家人的不諒解，全都不過是自欺欺人？

「快趁現在！吃掉兩極、殺了瘟！這樣我們鬼界的地位就能再次提高——」方雅君煽動眾多鬼魂，所有的鬼一齊向兩人飛去。

「你就是我。」任凱握住任炎的手。

「你終於明白了。」任炎微笑，瞬間消散，化為點點微光包覆住任凱。

第十章

在這個瞬間，任凱的眼窩不再劇痛，眼前的鬼魂全變成像是黑影的東西，黑影之中還有個紅色亮點。

那紅點彷彿可以碰觸到，可是任凱並不需要去碰觸，他發現自己只要看著那些紅點，似乎就能控制他們的行動。

「不……不、不不不不！」方雅君驀地尖叫出聲，她感覺到身體裡有東西被拉扯著，而任凱的眼神已經不同，冰冷且毫無感情，他的雙眼能控制鬼魂們的行動——瘟在此刻覺醒了！

一切都在瞬間靜止。

所有鬼魂停下動作，他們腥紅的眼珠子慌張地轉動著，身體無法動彈，全停滯在半空中。

「生靈沒辦法控制嗎？」任凱看著依舊茫然坐在地上的李佳惠，淡淡說：「回去妳的身體吧。」

李佳惠點點頭，本能地往自己的身體飛去。

方雅君瞪大眼睛盯著任凱，他們的動作都定格在被控制的前一秒，有些鬼魂張大著嘴要咬向兩極，有些鬼魂正要用指甲劃開任凱的衣服，更多鬼魂則是維持著衝向他們的姿勢。

「原來控制鬼魂就是這麼回事嗎？」任凱苦笑。

他所看見的紅點是鬼心，人心無法控制，但鬼可以，他只要看著那些紅點，就能依照自己的意志去控制他們的行動。

不過，這個地方大約有二、三十名鬼魂，一次控制這麼多相當耗費心神。

他瞥了所有的鬼心一眼，所有鬼魂瞬間像是列隊一樣排排站到窗邊。

因爲享用過兩極和瘟的血肉，所以他們還能保有自己的意識，但已經沒辦法移動身體了。

任凱抱起封，從她的口袋裡拿出白瓷杯，將手往後面一伸，一名鬼魂過來接過杯子，飛了出去又飛回來，裡面已經裝滿了水。

「封，封，醒醒。」任凱小心地餵了封幾口水，她蒼白的臉龐浮現一絲紅潤，迷茫地睜開眼睛。

「學長……好痛……」封喃喃說著，忽然睜大眼睛，「那些鬼呢？學長，你沒事吧？」

任凱扯了扯嘴角，「妳先擔心自己吧，還好嗎？可以使風嗎？」

封抬起頭，看見眼前詭異的場面，那些鬼魂全都站在窗邊，像是在罰站一樣，方雅君的眼神充斥著不甘心，但他們眼中的腥紅都在逐漸退去。

「學長……難道你……」

「嗯，抱歉，讓妳久等了。」任凱愧疚地笑，封忍不住流下眼淚，立刻緊緊抱住任凱。

「還好你沒事，還好……」

任凱一愣，並沒有推開她，而是也緊緊回抱她，「李佳惠的生靈也回到她體內了，當務之急是先治好妳自己身上的傷。」

「嗯，嗯！好！」封笑著擦乾自己的淚水，使出一陣輕輕柔柔的風，那些傷口就像是假的一樣，頓時從白皙的肌膚上消失。

「現在該拿這些鬼怎麼辦？」封和任凱在鬼魂們面前來回走動打量。

「撕裂鬼心的話，就能讓他們魂飛魄散了。」任凱冷聲說。

「不要！學長，這樣太殘忍了！」

「殘忍？他們剛才可是想殺我們。」任凱搖頭，「況且妳剛才也殺掉了幾個鬼。」

「那、那是危急時刻，不一樣！」封咬著下唇。「放他們走吧，學長。」

「對敵人仁慈，就是對自己殘忍。」任凱淡淡地說，「算了，反正從今以後，鬼等於對我們無害。」

方雅君聽著，內心滿是不甘。就差那一點點、差那一點點！

此刻方雅君看見，後面洗手間的門開了一條縫，羅秉佑站在那裡窺視，背對著洗手間的封與任凱絲毫沒注意到。他躡手躡腳地緩緩接近兩人，方雅君雖然面無表情，但是雙眼亮了起來。

封注意到方雅君的目光，順著她的視線回頭，這時羅秉佑已經舉起手中的利刃，用力往任凱的腰間刺下。

「哈哈哈！我終於可以殺了你！」羅秉佑神情癲狂，還刻意將刀子轉了一圈。

「不要——」封大叫，使出強勁的風將羅秉佑往窗戶推去，羅秉佑就這樣撞破玻璃摔下樓，接著傳來「砰」的重重落地聲。

方雅君瞪大眼睛，可是她無法移動，連轉頭都做不到。

「不要、不要！學長，你沒事吧？看著我！」封抱住倒在地上的任凱，無論她如何使用治癒的風，都沒有辦法止住他的血。

她能治療的只有皮肉傷，對於傷及器官的狀況束手無策。

「封葉，聽我說。」任凱痛苦得臉都皺在一起，「我應該快要暈過去了，到時候那些鬼會很麻煩，趁現在……快點將他們都殲滅吧……」

封用力搖頭。「不要，你不可以暈倒！會死掉的！」

「傻瓜，這裡是醫院，我不會有事的，妳擔心妳自己吧……」任凱的意識逐漸模糊，那些站在窗邊的鬼魂也開始左搖右晃，他們就要脫離控制了。

方雅君心中怒火沖天，她決定要殺了兩極和瘟，因爲羅秉佑死了，她感受到羅秉佑死了。罪大惡極的人類死亡之後，靈魂會直接前往地獄，所以羅秉佑一死亡，她就等於永遠見不到他了。

等瘟的控制消失，她就要馬上殺了他們！

封瞪大眼睛看著即將暈過去的任凱，她有種感覺，這好像不是她第一次目睹瘟瀕臨死亡。

過去她似乎也曾抱著瘟，哭著要他別離開。

他們不能死在這裡，她不能讓瘟再一次喪命！

所以封回過頭，淒楚地看了所有鬼魂一眼，喃喃說了句：「抱歉。」

接著，她使出強勁的風襲去，所有鬼魂瘋狂尖叫，無論是善鬼、惡鬼還是地縛靈，在這個瞬間全都被徹底消滅。

封知道，這間醫院裡一定也有很多善良的鬼，一定有很多因爲留戀家人而不願意離開的靈魂，可是她好累，她不想放過任何可能傷害他們的東西，所以清除了整棟醫院裡的鬼魂。

「做得好。」任凱微笑，放心地閉上雙眼。

醫院裡頓時恢復明亮，兩人周圍出現來來往往的人群，護士看見他們嚇了一跳，衝進來問發生了什麼事。

「他受傷了，拜託救救他！」封哭喊著，幾個護士手忙腳亂地將任凱抬到擔架上，趕緊送到手術室。

「我們來遲了？」下一秒，小虎和獅爺出現在封的身後。「怎麼回事？」

封掉著眼淚，拚命搖頭，抓住小虎的衣服說：「瘟覺醒了……」

站在小虎後面的紅葉皺緊眉頭，知道自己這次又慢了一步。

紅葉不甘願地親吻了李佳惠的唇，臉頰隨即鼓了起來，她起身後吐出一顆透明的球體，接著將圓球收入衣袖中。

「事情完成了，我要離開了。」紅葉注意到醫院裡不太對勁，沒見到方雅君，也沒見到任何鬼界之物。

稍早，她將小虎與獅爺帶到大宅前，派了阿滿去通知方雅君今晚動手，然而此刻這醫院乾淨得不像話，看樣子應該是兩極被瘟受傷的事逼急了，將不管好壞的靈體全數消滅，此地不宜久留。

紅葉打開妖道，獅爺卻擋住她的去路。

「區區僕人也敢擋我的路？」紅葉不悅。

「別急啊，我還有些話想問妳呢。」小虎坐在一邊，露出笑容。

封已經將所有事情都告訴他，包含方雅君提到的「鬼女」，不過此時她在另一間病房陪伴任凱。

「我想方雅君不會想到要回來對付兩極與瘟，也不會聰明到去猜測瘟可能還沒有覺醒……」

「哎呀，虎，您這是在懷疑我？」紅葉嬌笑，轉身面對小虎。

「所以我現在要求證。」小虎站起來，背後出現了白色巨獸。

紅葉神色冷凝，「您都喚出貔貅了，還說只是要求證呀。」

「妳可以給我一個合理的說法。」

「我可是和零派簽下契約了，怎麼可能會背叛呢？」紅葉拿出扇子，恢復從容的笑容。

「我知道妳和零所簽的契約只是效忠零、不傷害零這個人，並不是效忠零派。」小虎瞇眼，「而『效忠』這個詞還是有許多漏洞，例如不違反零說的每個命令，不等於不背著他做某些事情。」

「喔？那你也得拿出證據。」紅葉依然笑著，提著燈籠的阿滿出現在妖道中，但獅爺仍不肯讓路，雙方形成對峙。

「方雅君和羅秉佑都死了。」獅爺早已用最快速度將羅秉佑的屍體處理掉，並且消除了那些看見屍體的人的記憶，而方雅君魂飛魄散，一切死無對證。

「所以說，別加些莫須有的罪名到我頭上，況且瘟還因此覺醒了，不是可喜可賀嗎？」

紅葉和小虎彼此對看，最後小虎擺擺手，獅爺這才讓開路，阿滿提著燈籠轉身，紅葉踏入妖道，通道隨即關閉。

「鬼女終將背叛。」獅爺說。

「是啊，總有一天，我想零也很清楚。」小虎彈指喚回貔貅，而床上的李佳惠動了下手指。「可以叫封過來了。」

獅爺點點頭，走出病房，門才關上，九夜便出現在窗邊。

「有什麼事情嗎？」小虎微笑看著忽然出現的九夜。

九夜抽出彼岸花花蕊，伸手一揮，在房間四周布下結界。

「以防竊聽。」九夜面向小虎，「我期望的事情很簡單，我不是你的敵人。」

小虎思考了一下，「我很不願意承認，但似乎是如此。」

「我想和你談件事情。」

小虎示意她繼續說。

「我要你殺了零，成爲零派的當家。」

九夜的話讓小虎略微瞪大眼睛，接著大笑起來，「妳太看得起我了，零的地位無可撼動。」

「但若加上我的力量，還有兩極與瘟呢？」

小虎止住笑聲，瞇眼看著九夜，「爲什麼？」

「我們都知道兩極與瘟難逃一死，現在瘟也覺醒了，各界更會彼此合作，唯有讓兩極成爲某個人或派系的所有物，各界才會停止追殺，而我覺得你很適合。」

「哪裡讓妳看出來我很適合了？」

「因爲你愛兩極。」九夜面無表情的說，「上一世的瘟。」

小虎頓時警戒地站起身，雙眼變成褐色，看著她低聲問：「妳是誰？」

「我是很久以前，某一世兩極的姊姊。我只希望她的靈魂能得到平靜，就算只有一次也好。」九夜摘下墨鏡，眼神空洞無比。身爲半妖，九夜既無法在人類世界生存，也無法以妖怪自居，她不禁流下眼淚，「我希望你成爲零派當家，給予封葉幸福，保護著她，別讓她再受到傷害。」

小虎的心臟狂跳起來，他從沒有想過這樣的可能。推翻零？

「封已經有任凱了……況且零……他的能力不好對付。」

「零不可能善待封葉，他會殺了任凱、殺了你，爲了得到兩極，他將不惜殺掉所有人！」

「這我不否認，零確實有可能這樣做。」

「所以你就放任零這麼做嗎？總有一天封葉會被他蹂躪，生下他的孩子，終生當個人偶然後死去！」九夜大吼。

「不！當然不可能！」小虎也痛苦地大吼。他就是因此才逃出來，但是他始終找不到方法避免這個悲劇。

「你以爲零這幾年來什麼都沒有做嗎？」

小虎睜圓眼睛，不明白九夜的意思。

「在你見到封之後，零也掌握了兩極的動向，他爲了讓兩極在這時候覺醒，所以利用了羅秉佑。」

「什麼？」小虎皺眉。

「他讓羅秉佑內心的邪惡滋長，讓他殺了許多女孩，讓那所高中陰氣森森，讓封葉遇到琉璃事件！這就是他做的事情，爲了讓兩極覺醒，不惜殘害別人！」

「妳確定？」

「不信你可以去問問羅秉佑的父親，在羅秉佑殺了自己的妹妹之前，是不是曾有個男人去他們家拜訪過。」

九夜親自到牢裡和萬伯確認了此事，他的精神已經不太正常，在九夜的循循善誘之下，說出了很久以前的事情。

在羅秉佑還很小的時候，曾經有一位自稱是學校老師的男人來訪。他服裝詭異，穿著黑色長褂，同樣是黑色的長髮用橡皮筋束起，斜在左肩上，臉上的笑容一點也不真誠，但不知道爲什麼，萬伯還是讓他進來了。

之後，羅秉佑就變得很奇怪，眼珠上吊，像是中邪一樣，可是當時他們誰也沒有注意到這點，一個孩子出現那麼大的改變，卻沒有人發現，就像是被遮住雙眼一樣什麼也看不見。

聽了這番話，小虎的身子微微顫抖著，他相信零做得出這樣的事。

「零的靈魂不斷轉世，每一世的記憶累積下來，反而讓他失去人性、變得對死亡毫不在乎，利用別人也成為家常便飯，他已經不是人類，而是怪物。我希望你好好考慮我說的話，就算兩極與瘟相愛，迎來的也只有毀滅，所以你是封葉最好的選擇。」九夜說完後回到窗邊，往下一跳，而病房的門打開，獅爺與封走進來。

小虎趕緊掛上笑容，雙眼也變回黑色，對著封問：「任凱還好嗎？」

「嗯，醫生說沒什麼大礙，我剛才也用風治療了他一下。」封看起來很虛弱。

「佳惠呢？已經沒事了嗎？」

「鬼女帶走般若之氣了，她很快就會醒來。」小虎才剛說完，床上的李佳惠便睜開眼睛。

她看起來有些茫然，顯然還沒完全清醒，獅爺將手覆蓋到她的臉上，看了封一眼，「現在？」

「嗯，麻煩你了。」封扯出微笑，等獅爺的手拿開，李佳惠又陷入沉睡。

「這樣子一切就解決了……」封低聲說。

而獅爺注意到了小虎的異狀，但選擇將疑問放在心裡。

小虎看向窗外，他知道九夜就在外面某處。

他認眞思考著九夜的話，如果加上眾人的力量，推翻零的可能性確實提高了。

他從未想過這一世還有機會可以和兩極在一起，但若有這個可能，他將會盡力嘗試。

「下一次，我們一定會在一起的，對吧？」

紅葉掀翻棋盤，撕毀了掛在牆上的畫，拉門上糊的紙全被她弄破，這回她大發脾氣，比般若搞砸事情那次還要憤怒。

「紅葉小姐，請您息怒。」阿滿在旁邊恭謹地相勸。

「成事不足、敗事有餘！居然蠢到把我們說出去！這下子虎會更加注意我們的動向，我們將永遠屈居於人類底下做事！」

「紅葉小姐，危機就是轉機，也許我們可以利用這樣的機會……」

「妳的意思是？」

阿滿抬起頭，微笑。「虎的弱點便是兩極，他深愛著兩極，我們可以利用這份愛……」

「喔……」紅葉從衣袖裡取出般若之氣，「嫉妒？」

阿滿點頭。

封回到學校，坐在頂樓的女兒牆邊俯瞰校園。她晃著雙腳，看著喬子宥奔馳在球場上，而李佳惠坐在樹蔭下和其他人聊天。

一切都彷彿恢復了正常——沒有了封，她們才能正常。

封轉動手指頭，一陣小旋風在掌心出現，這時合作社的劉阿姨正好端出夢幻三逸品放到櫃檯上，當劉阿姨轉身，封立刻看準時機發出手中的旋風，捲起了夢幻三逸品，一路捲至頂樓。

她曾經的願望，就是在畢業前一次吃到學校合作社販售的布丁、咖哩麵包還有芒果汁。

沒想到如今她不但無法順利畢業，還得謊稱是出國留學。

從今以後，她大概也不會再踏入學校了。

所以今天就是她的畢業典禮，她要在這邊好好品嚐夢幻三逸品。

布丁果然柔嫩滑順，芒果汁也好喝得不得了，咖哩麵包更是香氣濃郁。

可是似乎也就只有這樣，朝思暮想的美食並沒有想像中那麼好吃。

封抬頭看著藍天白雲，門邊傳來腳步聲。

「小瘋子，妳蹺課？」阿谷出現在那裡，抓著頭東張西望，「阿凱呢？」

「阿谷學長。」

「哇靠，妳叫我學長？又出了什麼事情嗎？」阿谷警戒地打量四周。

「我……要轉學了。」她決定也對阿谷說謊。

「轉學？」阿谷瞪大眼睛，然後搖頭，「我不太相信。發生什麼事情？」

「子宥和佳惠都不會記得我，所以你別去找她們問我的事情。」

阿谷沉默一下，「那阿凱知道嗎？」

封點點頭，看著遠方。

這一瞬間，阿谷感覺眼前的學妹變得不一樣了，好像成熟了不少，卻也多了不少距離感。

「你們……是人類嗎？」阿谷提出心底的疑問。

「是啊，我們當然是人類。」封沒有說出口的是，只是他們可以做到很多人類做不到的事情。

「那阿凱也會離開嗎？」

「這我就不知道了。」封伸出手，製造了一個祝福的風吹向阿谷。「阿谷學長，這些日子來謝謝你，祝福你今後一切順利，當個伸張正義的駭客，然後永遠不會被警察抓到。」

「後面那句眞是觸霉頭。」阿谷失笑，感受到溫柔的風吹向自己。

封微笑，走過阿谷身邊，離開頂樓。

阿谷一個人站在那裡，忽然感傷起來。以往會與他一同在這裡的任凱與封，現在都不在了。

封走到校門口，任凱坐在自己的機車上等她。

「你怎麼不在家休息？」封小跑步過去。

「我回家打開了任炎的房間，房裡積滿灰塵，以前在我眼中那房間可不是長這樣。而我爸媽和任馨見到我的舉動，知道我終於清醒過來就一直哭，我實在受不了那種氣氛，所以逃出來了。」任凱聳聳肩，顯得有些不好意思。

「那我們現在要去哪裡？」封的手環上他的腰。

「隨便晃晃吧，說不定以後也沒有這樣的機會了。」任凱戴上安全帽，輕撫了一下封環抱住自己的手，催動油門。

「學長，你要讓獅爺消除阿谷的記憶嗎？」

「不需要吧，如果所有人都忘記我們的話，那也太寂寞了。」任凱哀傷地笑了。不過，他會讓他的父母還有任馨忘記他。

在他們的記憶中，他們的兒子、弟弟不是任凱，是任炎。而任炎在很小的時候就墜樓身亡了。

「生在現代的瘟和兩極眞是麻煩，想要消失還得想辦法一一抹去痕跡。」在紅綠燈前停下的時候，任凱忍不住感嘆。

「是啊，以前的瘟和兩極大概只要手一牽，就可以逃亡到天涯海角了吧。」封哈哈大笑。

「但生在現代還是有好處的。」任凱轉過頭，看著她微笑。

「什麼好處呢？」

「到處都是人，妖怪的數量也銳減，總有一天，像我們這樣的傳說或許會消失在人海之中吧。」

「是嗎？我倒希望每個傳說都不要消失，所有的妖怪、鬼魂、人類都能夠和平共處。」

任凱忍不住大笑，「妳的願望比我還奢侈。」

「學長，你……喜歡我嗎？」封突然問。

此時紅燈轉爲綠燈，任凱往前駛去。

「你聽到我的問題了嗎？學長？」封在後頭叫著。

「妳覺得呢？」

「我不知道。」封不滿地嘟著嘴，「學長，我們都一起經歷這麼多事了，你還這麼小氣！」

「那我們都一起經歷這麼多事了，妳還不知道我的想法？」任凱的聲音從風中傳來。

「哼，這樣我就當做你非常非常喜歡我喔！」封賭氣地說。

「那就是了吧！」

沒料到任凱會這麼回答，封紅透了雙頰，一路上不好意思再開口。

他們要去的地方是小虎的咖啡廳，如今已經位於另一個縣市、另一個學區，他們會在那裡展開新生活。

仿舊的復古木門上有四個小窗戶，櫥窗邊放了許多木頭娃娃，店內的吧檯區有三個位子，其餘空間則只擺了五張桌子。這是一間非常隱密的小咖啡廳，就像會受到文青喜愛的那樣。

小虎在櫃檯後沖了杯咖啡，放到吧檯上，木門那裡傳來風鈴晃動的聲音，九夜出現在門口。

「歡迎。」小虎微笑，彈指，周遭出現一層薄膜防止竊聽。「所以這裡就是你打算安置兩極的地方？」

「嗯，還不錯吧？以前我和兩極的夢想是躲到一個沒有人認識我們的地方，遠離各界的追殺，兩個人一起自力更生。」小虎放了盤餅乾到吧檯上，「很簡單、很平凡吧？」

九夜默不作聲，而後盯著那些食物說：「我不能吃東西。」

「那妳吃人嗎？」小虎的問題換來她憤怒的瞪視。「我只是好奇。在這幾百年間，妳都不吃不喝？」

「這就是半妖。」

「那可真寂寞。」小虎收回咖啡與餅乾。

九夜坐到吧檯的位子。

「我提議的事情，你考慮得怎麼樣了？」

「嗯，很吸引人。」小虎垂下目光，「但我需要多一點時間思考。」

「你猶豫的原因是零的實力，還是兩極的感情？」

「都有。」

九夜輕輕皺眉，「見過這麼多次兩極的死亡後，我只希望她能好好活著，不管她內心愛的是誰，活著就好。」

「我只見過兩極死亡一次，而那次我們還彼此相愛，所以……我還在考慮。」

機車的引擎聲傳來，他們同時抬頭，透過窗戶看見任凱與封將機車停在店外。

九夜起身，低聲說：「我不惜殺了瘟，也要讓兩極在你身邊。」

小虎挑眉，九夜往後門走去，而封和任凱打開大門。

「我們過來了，咖啡的味道好香呀！」封露出笑容走近吧檯，看見了擺在吧檯下方的咖啡和餅乾。「剛剛有客人？」

「不，沒有。」小虎微笑，轉身爲他們準備伯爵奶茶以及甜食。

任凱則吸了一口氣，聞到殘留在空氣中的那一點點花香。

（未完待續）

番外　那一世的他與她

他很小就知道自己與眾不同。

首先，他看得見別人看不見的東西，具體來說，是一些比較缺乏表情的人類。

當然，他沒有笨到詢問認識的大人是否有看見那些「人」，因爲他觀察過後發現，大人們一次也沒有把目光移到「他們」身上，更別說有些大人甚至還穿過了「他們」。

他記不得那是幾歲的事了，有一次，村裡某個姊姊摔入池塘，所有大人緊張地衝過去搶救，但他卻看見那個姊姊全身溼透，面無表情的站在一旁，看著在水面下載浮載沉的自己。

於是他在那個時候明白了，他所看見的，是「死去的人」。

這種不吉利的能力是絕對不能告訴別人的，要是一個不好，他就會被當成瘟神看待。

所以他小心翼翼，在成長的過程中，從來不和那些「人」對上眼。

直到遇見了「她」。

那是一個下著雨的傍晚，戴著斗笠、披著簑衣的他走在田野小路間，從帽沿下方瞥見了一雙白皙的腳站在旁邊。

這種天氣，會有沒穿草鞋的女人站在路邊的機率實在太低，他直覺又是那個世界的東西，於是裝作沒有看見，默默走過去。

當他走過女人身邊時，那雙腳卻跟上了他，於是他加快腳步，一路走回村裡。他聽得見那女人的腳步聲，於是忽然懷疑起自己的猜測——會不會其實是人類？

「後面那個姑娘是誰呀？」一個正在餵豬的伯伯探出頭和他打招呼，順口問了一句。

他挑眉，既然別人看得見，就不會是那種東西了，所以他回過頭，見到全身溼透、穿著單薄衣物的女人對他微笑。

「妳是隔壁村的人嗎？」他將她帶回家，用餐時，他的母親如此詢問。

女人搖頭，絲毫沒有動過桌上的菜餚，「我從山上過來的。」

「山上？那裡有妖怪，一向禁止人上去的，妳怎麼有辦法過來？」他的父親疑惑地問。

女人沒有回答，令他的內心產生了一點點異樣感。

夜半時分，本已入睡的他感覺到有東西在身旁，因此立刻睜開眼睛。那個女人帶著笑容坐在床邊，外面雨聲依舊，而女人的雙眼在黑暗中像是發著光。

「兩極在哪兒呢？」他沒聽懂女人的疑問，但看見了女人嘴角的血跡。

「妳……」他剛要拿起手邊的長刀防身，卻在閃電照亮室內的瞬間看清整屋血跡斑斑的慘況，以及散布於四周的屍塊。

「瘟，你還沒和兩極相遇嗎？」女人張嘴，裡頭是細細尖牙。

忽然間，他的胸口被一股難以言喻的怒氣灌滿，就連咽喉也被緩緩上升的熱氣灼得發疼。

他揮刀，女人卻精準地抓住刀刃，絲毫不在意手掌被劃傷。「或是先吃掉你也可以，反正等到你們相遇，那就來不及了。」

接著，女人張開血盆大口，在這個瞬間，他清楚地看見他的父母與兄弟姊妹們站在角落。

死了，他們全都死了，面無表情的站在那。

當他的肩膀感受到強烈的疼痛時，他的父母與兄弟姊妹突然化爲黑影，一團漆黑的中央閃爍著紅色微光。

像是本能似的，雖然他不明白此刻的狀況，卻知道該做些什麼。

他能命令那些黑影，他能控制那些黑影，黑影在他的操控下統統朝女人衝去，女人往後一跳。

「哎呀，哎呀哎呀，鬼魅能做什麼呢？」女人笑了兩聲，雙手指甲變得更長，「你就算能使鬼，也奈何不了……」

話到此處，她被窗外的騷動吸引了目光，那裡站滿了重重鬼影，她瞪大眼睛。

「我從沒聽說瘟能一次控制如此多的鬼魅！」

那些他從小就看過的「人們」、那些歷年來在村裡死去的「人們」、那些曾經活在這片土地上的「人們」，此刻全化成黑影，一個個紅色光點在他眼中如同心臟一般，他能控制他們，讓他們去做任何事情。

「殺了……她……」

瞬間，女人的尖叫聲淹沒在層層堆疊的黑影之下，變得模糊。

他逃到屋外，大雨灑在他肩上的傷口，那劇痛令他明白自己的生命已走到盡頭。和父母一同走也沒什麼不好，於是他閉上眼睛。

可當他再次睜眼，卻發現自己躺在一片從未見過的草地上，天空湛藍得美麗。他坐起身，發現身上的傷都消失了。

「你醒了？」後面傳來女孩的聲音，他轉頭，對上女孩清澈的雙眼，狂風在原野上呼嘯，也吹亂他的心。

「我看見你倒在路邊，你的傷好嚴重呀。」女孩的頭髮在風中飄逸，她坐到一旁，歪頭笑問：「是妖怪嗎？」

他一愣，瞬間警戒起來，往後退了好幾步。

「放心，我是人類。」女孩說完，努了努嘴。「比較特別的人類。」

「……是妳幫我治療的嗎？」

「嗯，當然。」

「那麼嚴重的傷，怎麼可能……」他的衣服被那妖怪咬破的痕跡還在，可是肌膚卻一點疤痕也沒有留下。

「我不是說了嗎？我是比較特別一點的人類。」女孩眨眨眼，取下自己腰間的小刀，倏地割破自己的手心，紅色的血液流出。

接著，一陣風吹來，女孩手上的傷便癒合了。

「瞧，就像這樣。」女孩得意地在他眼前展示光滑的掌心。

他瞪大眼睛，驚訝地看著女孩，他從來不知道還有人也跟他一樣與眾不同。他們附近也有鬼魂徘徊，但此時在他眼中都只是黑影，他將黑影喚了過來，問女孩看不看得見。

「我看不見，除非他們願意現身。」女孩說，她第一次看見鬼魂是在很小的時候，那些鬼魂咬著她的手，嘴裡不知喊著些什麼。

她害怕得尖叫起來，一陣莫名的風救了她，那些風傷害了鬼魂，而且還治好了她的傷。

他命令黑影在女孩面前現身，而女孩揚起眉毛，「是個很年輕的男生呢。」

「是嗎？」

「你看不見他們的模樣？」

「以前可以，但現在在我眼中就只是黑色的影子。」

「喔。」女孩看起來不是很在意，她轉轉食指，揚起一股小小旋風，接著碰觸黑影。他清楚感受到黑影的恐懼，並看見黑影扭動著。

女孩收回指尖的風，「我能傷害他們，也能傷害妖怪，而你能控制鬼魂對吧？我看你似乎也無家可歸了，不如我們一起旅行，怎麼樣？」

他打量了女孩一下，露出久違的笑容：「妳幾歲？」

「十五。」

「比我還小兩歲，怎麼說話如此成熟？」

「也許是因爲我的村莊一夜滅村，而且還是由於我無法控制自身力量的關係吧。」女孩聳聳肩，說得雲淡風輕。

他沒多說什麼，站起來走了幾步，回頭看著女孩。

「那我們要去哪？」

女孩笑逐顏開，「也許可以一直走，走到一個喜歡的地方，然後在那邊經營個小本生意，這樣也不錯！」

「是嗎？的確不錯，那就一直走到喜歡的地方吧。」他停下腳步，「對了，我叫阿忽，妳叫什麼名字？」

「我叫櫻。」女孩笑得燦爛，「以後請多指教了，虎。」

阿忽挑眉，想來櫻是把忽聽成虎了，不過也罷，這樣也好。

於是，阿忽與櫻踏上旅程。他們相偕度過了無數日夜，春去冬來，他們一同見過花朵凋零與積雪消融，雖然也會吵架，但總是很快和好。

日子一天天過去，他們之間除了夥伴間的信賴，更產生了始料未及的情愫，不過兩人都沒說出口，畢竟他們彼此依賴，很多情感無需言表。

直到那個穿著紅色和服的女人出現。

「喔，糟糕。」那女人皺起眉頭，一臉惋惜，「太晚了，你們已經相遇了。」

阿忽下意識地將櫻藏在自己身後，他感覺到眼前這個女人散發出的氣息和當年殺了他全家的女人一樣。

「她是妖怪。」櫻探出頭。

「是的，我叫紅葉，不過名字不重要，你們馬上就得死了。」話一說完，紅葉身後倏地出現許多彩蝶，幻化成一個個身穿和服的女人。

那些女人長相不盡相同，但都帶著強烈殺意，阿忽以迅雷不及掩耳的速度召喚出許多黑影，可是那些黑影絲毫不是妖怪們的對手，須臾之間便被撕爲碎片。

他露出詫異的神情，紅葉站在遠方嬌笑。「鬼魅怎麼會是妖的對手？這下你知道了吧。」

這時天際刮來一陣強風讓妖怪們無法前進，櫻拉住阿忽的手。

「快跑！」

「好，逃吧，儘管逃，各界都在追殺你們，相愛的你們只會毀了這個世界！」紅葉尖叫的聲音迴盪在樹林間。

兩人不知道跑了多久，直到再也跑不動才停下腳步。他們躲在山壁的岩洞中，櫻捲起微風，說這可以保護他們。

「鬼若無法制住妖，那我要怎麼保護妳？」

「我還有風呀，況且你不是曾經讓妖被鬼殺死了嗎？」

「那時候只有一個妖怪，卻有無數鬼魂。」剛才妖怪的數量太多，而且名叫紅葉的妖怪說了讓他相當在意的話。各界都在追殺……爲什麼？爲什麼要追殺他們？

「剛才她……說了很令人在意的話。」櫻用手指捲著自己的髮絲。

阿忽點點頭，正要開口說出自己的疑問時，卻見到櫻的臉頰微微泛紅。「她說『相愛的你們』。」

此話一出，阿忽先是一愣，接著馬上紅起臉，「這……」

見阿忽如此反應，櫻開心地笑了，主動鑽進他的懷中，「這大概是我出生以來，最開心的一件事情了。」

阿忽看著懷中的櫻，嘴角也勾起微笑，生澀地將自己的手放到櫻的肩上。這時，他們心意相通，此刻眞的是兩人最幸福的時刻。

後來所發生的一切，就像是要印證紅葉所說的話一樣，他們不管走到哪都會遇到不同的妖怪，而妖怪們總是不由分說地直接對他們展開攻勢，每一次出手都要致他們於死地。

有時候連鬼魂都想攻擊他們，幸好鬼魂對阿忽來說不是威脅。

每當夜晚來臨，阿忽便會控制約五十個左右的鬼魂守在周圍，好保護櫻不受到傷害，但無論日夜，找他們麻煩的妖怪從沒少過。

更讓他們訝異的是，甚至連人類都想對付他們。

「遲了。」那個男人穿著一身漆黑長褂，長髮束在腦後，他的身後站著許多人類。在男人的指示之下，他們衝向阿忽和櫻，手中的長劍瞄準兩人的心臟。

阿忽派出鬼魂制住人類，但遠方射來數十支箭，櫻趕緊使出強風吹走那些箭矢，可是妖怪們卻趁機靠近，櫻的腿被其中一隻妖怪咬傷。

「櫻！」阿忽喊叫的同時，注意到櫻的背後有許多反光的細小東西正高速逼近，仔細一看居然是紅色的針。他趕緊拉著櫻蹲下，順著紅針的來源看去，見到一個一頭長髮、面無血色的女人站在遠方樹下。

他來不及有其他想法，馬上又有其他妖怪襲來，而那些拿著長劍的人類也衝了過來，一劍刺入他的手。

「不要——」櫻高聲尖叫，刹那間，她使出前所未有的強風，風沙塵土全被捲起，人們睜不開眼睛，妖怪們則因爲風而受到傷害。她立刻趁機撐起阿忽的身子要逃，不甘心的阿忽放出幾隻厲鬼，狠狠地回敬那些敵人。

他們逃到河邊，全身都是傷痕，櫻終於忍不住大哭起來：「爲什麼他們要傷害我們？我們做錯什麼了嗎？」

兩人明明誰都沒有傷害過，向來安分守己，只是想在一個地方好好生活，卻莫名出現這麼多人與鬼怪要追殺他們，而且一點理由也沒有。

「我會保護妳，不要怕。」阿忽溫柔地抱著櫻，輕輕擦去她的淚水，櫻安心地待在他的懷中，輕柔的風環繞在他們身邊，治好了那些皮肉傷。

「總有一天，我們會逃離這一切，到一個沒有人會傷害我們的地方，好好生活。」

「直到我們都變成了老爺爺和老奶奶，也會在一起嗎？」櫻看著阿忽。

「是啊，永遠在一起。」阿忽說著，輕輕吻了她。

幸福，如夢似幻，地獄，隨之而來。

「不要！」櫻尖叫，眼睜睜看著阿忽的身體被長劍刺穿。

不遠處射出長劍的長褂男人鬆了一口氣，露出微笑，各方妖怪大受鼓舞，被阿忽控制的鬼魂也停下攻擊的動作。

櫻抱住倒在地上的阿忽，痛苦地哭喊著：「不要離開我，不要離開我！」

阿忽的眼前逐漸模糊，但他更難過的是看見櫻的眼淚。他多想說不要哭，多想再說說那些充滿希望的話——

只可惜，他明白，他們已經走到盡頭。

「對不起……這一次無法保護妳了……」

櫻用力搖頭，親吻著阿忽的臉頰，握緊他的手，「下一次，我們一定會在一起的，對吧？」

是啊，下一次，下一次也許就能在一起了。

阿忽露出微笑，將所有希望都放在下輩子。他知道，在他閉上眼睛的瞬間，櫻也會死，可是沒關係的。

下一次，他們就能在一起了。

阿忽的意識飄蕩在虛幻之中，一切都彷彿在夢裡一般，他似乎走上了奈何橋，孟婆看著他嘆氣，擺擺手要他直接過去，將手裡的湯給了後面的靈魂。

接著，當他睜開眼睛的時候，看見的是萬里無雲的夜空，卻下著傾盆大雨，他睜圓眼睛看著周圍的人。

「第一次看見張開眼睛又不哭的嬰兒啊。」一個女人說，接著，許多人的驚呼響起。

「我的孩子怎麼了？」另一個女人虛弱地說著，阿忽隱隱意識到自己已經投胎，可是爲什麼他的記憶如此清楚？眼前的一切是眞實的嗎？

「快叫零主子過來，快啊！」

有人驚慌地大喊，不少人來回踱步，空氣中瀰漫著緊張的氣氛。

「零主子說，他已經從天象看出『被選上之人』出生了……零主子又說，這表示兩極也要降臨了……」

不知爲何，這番話讓阿忽想起了櫻，想起了死亡，想起了櫻在哭喊的模樣。時間過去了多久？距離那時候過了多久？

櫻呢？她也投胎了嗎？她在哪裡？

阿忽想要喊出他的悲痛，發出的卻是嬰兒的哭聲。

「他哭了，他哭了！他不是瘟的轉世！他不是對不對？」一個虛弱的女人激動地想證明些什麼。

「不是，這是因爲他想起上輩子的記憶了……」另一人顫抖著說。

「這……要幫他取什麼名字？」抱著阿忽的產婆問。

虎。

櫻的聲音在阿忽心中響起，這個名字是他與櫻之間唯一的聯繫。

「虎。」於是阿忽開口，這一世，他的名字叫做虎。

在出生後的第二天，小虎便看見身邊出現了一隻白色巨獸，而更令他訝異的是，在他眼前的是上輩子殺了他的男人——零。

多可笑的安排，身爲嬰兒的他連站起來都做不到，要如何復仇？

「虎，這名字是你自己取的。」零站在床邊看著他，「前世種種就讓他過去，今世你生在零派，注定與兩極爲敵。」

以前，無論他們如何逃，妖怪總會追上，無論他們如何問，都沒人可以給他們解答。

而今世，小虎生在零派，才得知了那些不曾得知的傳說，兩極與瘟、盤古開天闢地、女媧造人，以及那片混沌。

這一切如此荒唐，小虎卻深陷其中，他祈禱著兩極不要出生。

但是，在大地震發生的那天，小虎感受到了櫻的氣息，他不禁掉下眼淚。

「虎，你應該感受得到兩極的氣息吧？」零不只一次如此探問，但小虎不願說出兩極的下落。

在兩極出生的當晚，零派人馬隨即前往，然而兩極卻消失了。

沒人知道兩極在哪，不過小虎知道，他感應得到兩極的靈魂。

可是他不會說，死都不會說。

身在上輩子追殺自己與櫻的零派讓小虎覺得噁心，他撫摸著貔貅的皮毛，接著跳上牠的背，另一個男孩面無表情的擋在他面前。

「獅爺，跟我走吧。」小虎說。

年輕的獅爺只稍微考慮了幾秒，接著也跳上貔貅的背。

那個晚上，兩人離開了零家大宅，這是小虎非常、非常微弱的反抗。

他後來去見了這一世的兩極，她和櫻長得完全不一樣，個性也很不一樣，可是那雙眼睛的的確確是櫻的靈魂。

親眼確認現實遠比小虎想像中的還要更加痛苦，她是櫻，又不是櫻。

「下一次，我們一定會在一起的，對吧？」

櫻已經死了，就算是相同的靈魂，也不會記得這句話。

他們終究無法在一起，而擁有同一個靈魂的兩極終將生生世世承受被追殺的命運。

小虎不會要這一世的兩極想起他們之間的約定，他只要兩極好好活著。

他要告訴封葉所有他知道的事情，他不要讓封葉跟以前的櫻一樣，不明不白地死去。

上輩子保護不了櫻，這一世，他一定要好好守護封葉。

只是他沒有料到，這一世，瘟也在。

後記　視而不見的現實

很高興能夠在第四集和大家見面，很快的，下一本就是最後一集啦！

在「被扼殺的眞相」中，一口氣揭開了任凱、九夜、小虎的過去，所有祕密好像都在這邊一次曝光了一樣。

（雖然之前就已經看到有人在猜測任炎是否存在，以及小虎的身分。）

想必大家都在任凱和小虎之間難以抉擇吧，同時被兩個男孩喜歡，到底是幸福還是不幸福呢？

但即使如此，封還是得先解決一下被追殺的問題。（笑）

關於任凱和任炎，一開始我就設定他們是雙胞胎，也設想本來是任炎擁有陰陽眼，後來轉移到任凱身上。

而眞正下筆之後，我瞬間就覺得任炎還是不要眞正存在過比較好，對，如此一念之間。

從未存在過的任炎是任凱的幻覺、心魔，也是一種「視而不見」的象徵。從小任凱就看得見其他世界的東西，卻不願意承認，於是虛構出任炎幫他承受一切，有點像是人格分裂的感覺。

而任炎不斷要任凱接受他所看見的世界，便是希望任凱能眞正覺醒，接受自己是瘟的事實。

可是任凱拒絕接受，那句「我不需要你」代表他也拒絕了身爲瘟的這個身分，小虎才會說他是「扼殺了覺醒而不自知」。

任炎的死代表覺醒死去，代表瘟陷入深深沉睡。

自我催眠的力量是很可怕的，這種能力每個人都有，其實就是只相信自己想相信的，只看自己想看的，不接受其他人的說法甚至是現實。

可是現實究竟又是什麼呢？難道被很多人看見的才叫現實嗎？

和任炎一同生活的那些記憶，對任凱來說也是現實，那是他最重要的童年。

不過，因爲封成爲更重要的人，所以任凱願意爲了她接受一切，開始質疑是否任炎才是眞正的瘟（事實上，任炎的確是瘟）。

任凱用這樣的方式覺醒，挺浪漫的不是嗎？

而封，她在故事最後爲了讓任凱活下去，不分好壞殺掉了醫院裡的所有鬼魂。

人總是爲了生存無所不用其極，她看似無憂無慮，其實卻背負了很大的心理壓力，她終於明白無法不傷害任何生物就結束一切，也明白自己會傷害到一切。

即使小虎說，兩極與瘟的存在會導致世界毀滅，封還是決定要和任凱在一起，並下定決心，放棄安穩的正常生活，只爲了保護大家。

如果我是封葉，眞不知道有沒有辦法承受一切呀。

但其實換個角度想，這一世的兩極比以往的兩極受到更多保護，甚至知道了自己被追殺的理由，不像以前的兩極總是死得不明不白。

另外也說說九夜。我一直很喜歡這個神祕的角色，她的過去是否也讓大家大吃一驚呢？

她在漫長的歲月裡不斷奔走，只爲找到讓自己的妹妹靈魂安息的方法，即使每一世的兩極都不認得她。封葉的名字與她的妹妹風夜相同，是她所命名的。

而小虎確實就是上一代的瘟，所以他和九夜的目的一樣，都想保護封葉，只爲了不讓他們曾經深愛過的兩極再次死亡。

他們所愛的兩極是不同的人，沒有前世的記憶、甚至個性長相也不同，可是卻擁有相同的靈魂，這對他們來說該有多難受？

最悲傷的莫過於你記得一切，她卻忘了一切，當時的誓言如今聽來多麼諷刺。

九夜、小虎，兩人何其相似，又何其悲哀。

這本書的最後收錄了以小虎爲主角的番外篇，我想番外篇應該會讓大家對他的好感度瞬間飆升吧。嗚嗚，希望小虎最後也能獲得幸福啊～

還有，大家應該沒有想到，羅秉佑和方雅君會再出現吧？而且惡有惡報，羅秉佑飛出窗外摔死了，殺了這麼多人的他卻是這樣的死法，是不是太輕鬆了？

而被虐殺的方雅君死後卻依然守著羅秉佑，雖然她已經不單單是因爲愛，也是因爲得聽從紅葉的命令。爲了生存、爲了得到力量，她決定利用羅秉佑。

哎呀，怎麼感覺忽然說得好黑暗。XD

至於鬼女一族，我也還滿喜歡她們的呢，而她們之後會不會背叛，其實應該很明顯了吧？

我每次描寫紅葉的模樣還有說話語氣，甚至是嬌媚的笑容時都很開心，偷偷告訴大家，紅葉其實是我腦中形象最鮮明的角色，穿著紅色和服的她坐在榻榻米上，抹了鮮紅的口紅，妖媚地微笑，身旁圍繞著許多七彩蝴蝶……

哇，是不是很美！

那對於故事的討論就到這邊，最後來分享一下最近的生活。

先前終於進行第一次直播了，實在是緊張萬分，而且網路還LAG不給力，不過看到大家熱烈討論眞的很開心，等你們看到這篇後記時，也許我已經又開了好幾次了。能在網路上面對面向大家分享故事，並看見大家即時的回饋，眞的是一個方便的功能呢！

在《當風止息時》第三集的後記裡，我提過自己買了PS4，有時間就會偷玩一下。遊戲的進步實在讓我驚豔，從以前的黑白機進階到現在的細緻彩色畫面，時代與科技進步太快，我都要跟不上了呢。

我也會用手機玩遊戲，可是眼睛盯著螢幕太久會很酸，總覺得好一陣子沒有讓頭腦放空了。有時候發呆也是一種幸福與休息的方式，希望大家都要好好休息，放鬆心情是最重要的！

那老樣子，我們第五集再見啦！

Misa

國家圖書館出版品預行編目資料

當風止息時. 4，被扼殺的眞相／Misa著. -- 初版.
-- 臺北市：城邦原創出版：家庭傳媒城邦分公司
發行, 民 105.05
面；公分

ISBN 978-986-92937-5-4（平裝）

857.7　　105007842

當風止息時 04 被扼殺的眞相

作　　者／Misa
企畫選書／楊馥蔓
責任編輯／陳思涵

行銷業務／林政杰
總 編 輯／楊馥蔓
總 經 理／伍文翠
發 行 人／何飛鵬
法律顧問／台英國際商務法律事務所　羅明通律師
出　　版／城邦原創股份有限公司
台北市中山區民生東路二段 141 號 6 樓
電話：(02) 2509-5506　傳眞：(02) 2500-1933
E-mail：service@popo.tw
發　　行／英屬蓋曼群島商家庭傳媒股份有限公司城邦分公司
聯絡地址：台北市中山區民生東路二段 141 號 11 樓
書虫客服服務專線：(02) 25007718・(02) 25007719
24小時傳眞服務：(02) 25001990・(02) 25001991
服務時間：週一至週五09:30-12:00・13:30-17:00
郵撥帳號：19863813　戶名：書虫股份有限公司
讀者服務信箱 email：service@readingclub.com.tw
城邦讀書花園網址：www.cite.com.tw
香港發行所／城邦（香港）出版集團有限公司
地址：香港灣仔駱克道 193 號東超商業中心 1 樓
email：hkcite@biznetvigator.com
電話：(852)25086231　傳眞：(852) 25789337
馬新發行所／城邦（馬新）出版集團 Cité(M)Sdn. Bhd.
41, Jalan Radin Anum, Bandar Baru Sri Petaling,
57000 Kuala Lumpur, Malaysia.
電話：(603) 90578822　傳眞：(603) 90576622
email:cite@cite.com.my

封面插畫／Izumi
封面設計／黃聖文
印　　刷／城邦印書館股份有限公司
電腦排版／陳瑜安
經 銷 商／高見文化行銷股份有限公司
客服專線：0800-055-365　傳眞：(02)2668-9790

■ 2016 年（民 105）5 月初版　Printed in Taiwan

定價／230元

ISBN 978-986-92937-5-4